Marco Polo

As viagens de Marco Polo

Tradução e adaptação em português de
Ana Maria Machado

Ilustrações de
**Lúcia Hiratuka e
Roberta Masciarelli**

editora scipione

Gerente editorial
Sâmia Rios

Editora
Cristina Carletti

Assistente editorial
Suely Mendes Brazão

Preparadora de textos
Célia D. de Andrade

Revisoras
Maria Beatriz Pacca
Gislene de Oliveira

Coordenadora de arte
Maria do Céu Pires Passuello

Diagramador
Fábio Cavalcante

Programador visual de capa e miolo
Didier Dias de Moraes

Ilustrações de capa
Lúcia Hiratuka

Ilustrações de miolo
Roberta Masciarelli

Traduzido e adaptado de *The adventures of Marco Polo*, de Marco Polo. Nova York: The John Day Company, 1948.

editora scipione

EDITORA AFILIADA

Avenida das Nações Unidas, 7221
CEP 05425-902 – São Paulo, SP

Atendimento ao cliente: 4003-3061
atendimento@scipione.com.br

www.scipione.com.br

2016
ISBN 978-85-262-4766-6 – AL
ISBN 978-85-262-4767-3 – PR

11ª EDIÇÃO
10ª impressão

Impressão e acabamento
Log&Print Gráfica e Logística S.A.

Dados Internacionais de Catalogação na Publicação (CIP)
(Câmara Brasileira do Livro, SP, Brasil)

Polo, Marco, 1254-1323(?).
　　As viagens de Marco Polo / Marco Polo; adaptação em português de Ana Maria Machado. – São Paulo: Scipione, 1997. (Série Reencontro literatura)

　　1. Literatura infantojuvenil I. Machado, Ana Maria, 1942–. II. Título. III. Série.

97-0017　　　　　　　　　　　　　　　CDD-028.5

Índices para catálogo sistemático:
1. Literatura infantojuvenil　028.5
2. Literatura juvenil　028.5

• • •

　　Ao comprar um livro, você remunera e reconhece o trabalho do autor e de muitos outros profissionais envolvidos na produção e comercialização das obras: editores, revisores, diagramadores, ilustradores, gráficos, divulgadores, distribuidores, livreiros, entre outros.
　　Ajude-nos a combater a cópia ilegal! Ela gera desemprego, prejudica a difusão da cultura e encarece os livros que você compra.

• • •

SUMÁRIO

Quem foi Marco Polo? 5

Parte I – Uma vida de aventuras
Capítulo 1. Importante missão 9
Capítulo 2. O embaixador de Kublai Khan 15
Capítulo 3. O regresso a Veneza............. 20

Parte II – Roteiro das grandes viagens
Primeiro livro – Da Armênia ao Império
   Tártaro............................... 27
Segundo livro – O grande Khan e seus
   domínios............................. 60
Terceiro livro – As Índias e as regiões do Norte... 93
Conclusão............................. 118
Quem é Ana Maria Machado? 120

QUEM FOI MARCO POLO?

No século XIII, a cidade de Veneza era a sede de uma poderosa República independente. Através da sua privilegiada posição geográfica, conquistou o monopólio das rotas comerciais do Mediterrâneo e do mar Negro, e disputava com sua rival – a República de Gênova – o domínio de Constantinopla. Naquela época, a capital do Império Bizantino era o ponto comercial mais avançado no Oriente, onde mercadores cristãos adquiriam dos povos muçulmanos cobiçados produtos como seda, tapetes, porcelanas, especiarias etc.

Em 1261 os genoveses tomaram Constantinopla, obrigando os venezianos a buscar outros pontos comerciais. Esta tarefa não era fácil, pois os muçulmanos, situados ao leste de Bizâncio, temendo a presença de europeus em seus territórios, mostravam-se hostis. Restava aos venezianos uma aliança com os mongóis – povo tolerante com os cristãos e temido pelos seguidores de Maomé.

Marco Polo completava então sete anos de idade. Nascido em Veneza, de uma tradicional família de mercadores, só viria a conhecer seu pai, Nicolau, oito anos mais tarde. Seu tio, proprietário de uma casa de comércio em Constantinopla, encarregara os dois irmãos, Nicolau e Mateus, da compra de mercadorias em território mongol. Impedidos de retornar, em razão de uma guerra que eclodira próxima à região visitada, os irmãos Polo terminam por chegar à corte de Kublai Khan, na China.

Chefe supremo do povo mongol, Kublai recebeu-os cordialmente e mostrou-se desejoso de estabelecer relações com o Ocidente. Forneceu-lhes salvo-condutos para que retornassem sem riscos à Europa, enviou uma mensagem ao papa e obteve dos irmãos a promessa de que voltariam.

No ano de 1269 os Polo chegam a Veneza, onde Nicolau finalmente encontra seu filho Marco, um rapaz inteligente, que sonhava com a possibilidade de viajar pelo mundo com seu pai. Seu desejo foi atendido: em 1271 partiu com Nicolau e Mateus rumo ao Império de

Catai (China). Para os dois mercadores, a liberdade de circular livremente em território tártaro oferecia uma esplêndida oportunidade de comerciar. Para o jovem Marco, que observava e anotava suas impressões durante o percurso, era a realização do grande sonho da sua vida.

Durante 24 anos os três venezianos viajaram incessantemente pelo Oriente. O imperador Kublai Khan se afeiçoara a eles de tal modo que lhes confiava missões diplomáticas e administrativas em seu extenso reino, e não pensava em deixá-los voltar à Europa.

Após a morte do Grande Khan, Marco retornou à sua terra natal, rico e famoso. Casou-se e entrou para a marinha de Veneza, que travava naquela época mais uma de suas guerras contra Gênova. Foi aprisionado pelos genoveses, e teve como companheiro de cela um escritor chamado Rusticello, de quem se tornou grande amigo.

Desse feliz encontro resultou *O livro das maravilhas* – título original da obra sobre as viagens de Marco Polo. Dispondo-se a escrever um livro a partir dos relatos de Marco, Rusticello legou à posteridade um documento importantíssimo, utilizado até por Cristóvão Colombo em suas navegações.

Os feitos e revelações contidos no livro logo alcançaram grande sucesso em toda a Europa, e valeram a Marco Polo o título de Grande Conselheiro da República de Veneza. No ano de 1324, na mesma cidade em que nasceu, o famoso viajante morreu, feliz e tranquilo.

É preciso que se compreenda que Marco Polo nunca pretendeu atingir o rigor científico em seus relatos. Alguns episódios fantásticos e irreais devem-se, sem dúvida, ao deslumbramento que civilizações de fato deslumbrantes teriam causado no primeiro ocidental que pisou aquelas terras. Por outro lado, as concepções geográficas e filosóficas da Europa medieval foram sensivelmente alteradas a partir da publicação do seu livro. Além disso, durante quase 600 anos, a única fonte de informações sobre o Oriente foi *O livro das maravilhas*, pois várias regiões nele descritas só voltaram a ser visitadas por europeus a partir do século XIX.

PARTE I

Uma vida de aventuras

Toda a primeira parte deste livro é uma introdução. Seu objetivo principal é colocar o leitor a par da vida de Marco Polo e da oportunidade que ele teve de sair da Europa Medieval e conhecer lugares distantes, durante seus muitos anos de permanência no Oriente.

Capítulo 1
Importante missão

Dois irmãos, nobres cidadãos de Veneza – os navegantes Nicolau e Mateus Polo –, viajaram até as terras do Grande Khan, senhor de todos os tártaros, no Extremo Oriente.

Logo que chegaram, o imperador chamou-os imediatamente à sua presença: o monarca estava muito curioso, pois nunca tinha visto alguém de origem latina.

Perguntou então aos dois navegantes uma porção de coisas sobre o chefe de seu país e sobre o papa. Queria saber como governavam e como viviam os cristãos. Os irmãos Polo falavam bem a língua tártara, de modo que puderam conversar bastante. No final, o grande soberano, que se chamava Kublai e imperava sobre todas as províncias e reinos daquela imensa região, disse-lhes:

– Resolvi mandar uma mensagem ao papa e gostaria que vocês fossem meus embaixadores nessa missão.

– Será um grande prazer – responderam os dois irmãos.

Então Kublai Khan mandou chamar o barão Kogatai, um dos nobres ministros da corte, e ordenou-lhe que acompanhasse os dois mercadores até Roma, onde se avistariam com o papa. Depois mandou preparar vários documentos de viagem para os irmãos Polo e o barão. Por fim, escreveu ao papa, pedindo que ele lhe enviasse sábios que pudessem demonstrar aos pagãos a eficácia das leis e dos preceitos cristãos.

– Mais uma coisa... – acrescentou Kublai Khan aos dois viajantes. – Gostaria que me fizessem um favor. Na volta, tragam-me um pouco do óleo da lâmpada que arde sobre o Santo Sepulcro, em Jerusalém.

Após esse último pedido, o Grande Khan deu a eles uma plaqueta de ouro, onde estava gravada uma mensagem, confirmada pelo selo real, segundo um costume de seu reino. A plaqueta dizia que os três viajantes eram enviados especiais do Grande Khan e que os chefes de todos os territórios de seu grande reino, por onde passassem, deviam dar-lhes tudo o que necessitassem, como se eles fossem o próprio Khan.

Finalmente bem equipados, com tudo o que podiam desejar e precisar, os mensageiros se despediram e partiram.

Ao atravessar as primeiras cidades, logo viram como a plaqueta de ouro era útil: bastava apresentá-la para que nada lhes faltasse.

Depois de cavalgarem por alguns dias, o barão Kogatai adoeceu e não pôde prosseguir. Os dois irmãos continuaram então seu caminho. Sempre, em toda parte, cada vez que mostravam a mensagem do Grande Khan, recebiam as maiores honrarias. E assim foram seguindo a cavalo, dia após dia, durante três anos. No fim desse longo período, chegaram à cidade de Laias, na Pequena Armênia (hoje parte da Turquia), onde tiveram de parar por causa do mau tempo e das inundações dos rios da região. Desse modo, demoraram muito para chegar a Acre, uma cidade da Terra Santa, próxima a Jerusalém; só a atingiram em abril de 1269. Foi aí, nesse porto do mar Mediterrâneo, que souberam da morte do papa Clemente IV.

– E agora, Mateus? – perguntou Nicolau. – Como faremos para cumprir nossa missão?

Depois de muito pensar, acabaram tendo uma ideia, uma ideia que os fez andar ainda mais... Partindo de Acre, na Palestina, viajaram de navio até Alexandria, no Egito, onde procuraram o grande sábio Teobaldo Visconti, representante da Igreja de Roma naquelas terras árabes.

Quando Visconti soube que os dois irmãos tinham viajado tanto, e por terras tão longínquas, ficou maravilhado. E, ao saber da sua nobre missão, disse-lhes:

– Senhores, creio que, no momento, será melhor esperar a eleição do novo papa. O encargo que lhes foi confiado é muito importante: uma verdadeira honra para a cristandade! Logo que o papa for escolhido, sua missão poderá ser cumprida. É preciso, pois, ter paciência e saber esperar.

Os dois mercadores acharam que Teobaldo Visconti tinha razão, mas acrescentaram:

– Senhor, estamos há muitos anos longe de casa e de nossas famílias. E, assim que entregarmos a mensagem ao novo papa, deveremos partir outra vez, para cumprirmos nossa embaixada até o final, isto é, teremos de acompanhar os sábios cristãos até as terras do Grande Khan. Por isso, agora, enquanto esperamos... talvez pudéssemos... Na verdade, senhor, estamos relativamente perto de casa...

– Realmente... – concordou o sábio. – Em todo este tempo de viagem, nunca estiveram tão perto de Veneza...

– Se o senhor nos desse licença, iríamos até lá rever nossas famílias...

Teobaldo Visconti assentiu, pois sabia que a escolha do novo papa poderia demorar muito. E foi o que realmente aconteceu.

Os mercadores Nicolau e Mateus Polo retornaram então a Veneza, onde chegaram no final de 1269. Várias novidades aguardavam Nicolau: sua mulher havia morrido há alguns anos, depois de dar à luz um menino, o qual estava esperando na época em que o marido partira; seu filho era agora um rapazinho de 15 anos, forte, esperto e corajoso.

A chegada dos dois mercadores, após tantos anos, alvoroçou a cidade. Todos queriam ver as coisas raras que haviam trazido do Oriente. A família Polo festejou intensamente o regresso dos dois irmãos. Muitos achavam que eles nunca mais voltariam. Entre todas as pessoas que, felizes, comemoravam aquele retorno, uma se destacava por seu grande contentamento: Marco Polo, o jovem filho de Nicolau.

– Como era a corte do Grande Khan, papai? – perguntava.

– Eu já lhe contei, meu filho...

– Ah, conte de novo! Não me canso de ouvir. Fale outra vez dos cavaleiros mongóis, das planícies geladas, dos palácios, de tudo...

E Nicolau punha-se novamente a narrar seus feitos.

Marco nunca tinha saído de Veneza, sua cidade natal, da qual muito gostava. Até hoje, Veneza é diferente de todas as outras cidades do mundo: construída sobre uma porção de pequenas ilhas, situadas numa laguna, entre a foz de um rio e o mar, possui canais em vez de ruas, por onde trafegam embarcações. Seus palácios e casas parecem erguer-se sobre a água e suas estreitas calçadas são ligadas por pitorescas pontezinhas. Na época de Marco Polo, os habitantes costumavam pescar nas águas límpidas dos canais e, animados pelo forte odor da água salgada da maré cheia, sonhavam em viajar por todos os mares do mundo.

O jovem Polo, diante da beleza indescritível do mar Adriático, gostava de sonhar, imaginando que um dia também ele iria visitar terras muito distantes. Às vezes, à noite, caminhava pelo meio da neblina: ia até o porto, onde os navios ancorados evocavam longas travessias e povos diferentes. Ou então, durante o dia, conversava com os marinheiros que carregavam e descarregavam mercadorias dos porões das grandes embarcações. Marco tinha certeza de que chegaria a sua vez de sair pelo mundo.

Tudo na sua cidade o convidava para a aventura!

Ao ouvir o pai e o tio contarem histórias tão fantásticas a respeito de lugares tão longínquos, Marco começou a achar que estava na hora... Dentro de pouco tempo, os dois irmãos partiriam novamente, para completar a missão de que tinham sido encarregados pelo Grande Khan. Quem sabe Marco poderia ir com eles?... Vontade e esperança não faltavam ao jovem veneziano...

Já se haviam passado dois anos desde que Nicolau e Mateus Polo tinham voltado a Veneza, mas a Igreja continuava sem papa. Vendo que a escolha do novo pontífice demorava e que seus negócios não podiam parar, os dois irmãos resolveram retornar às terras do Grande Khan, mesmo sem cumprir a missão a que tinham se proposto.

– Por favor, papai, deixe-me ir com você... – pediu Marco.

– Você é muito jovem ainda, meu filho. A viagem é longa, cheia de perigos – respondeu Nicolau Polo.

Mas os argumentos do velho navegante de nada adiantaram. Marco Polo era muito decidido e tinha o dom da palavra: quando começava a falar, era difícil resistir a seus argumentos. Talvez tenha sido essa habilidade do jovem que fez seu pai render-se aos insistentes e convincentes pedidos. Ou, quem sabe, Nicolau já estivesse mesmo pretendendo ter a companhia do filho durante uma viagem... E, já que o jovem desejava tanto...

Por uma razão ou por outra, o fato é que, numa fria madrugada da primavera de 1271, Nicolau, Mateus e Marco despediram-se de sua cidade e embarcaram rumo a Acre. Iam à procura de Teobaldo Visconti, que agora vivia nessa cidade, para comunicar-lhe que tinham decidido partir para o Oriente.

Marco tinha então 17 anos e uma grande vontade de desbravar o desconhecido...

Capítulo 2
O embaixador de Kublai Khan

Os navegantes ficaram alguns dias em Acre e encontraram-se várias vezes com Teobaldo Visconti.
— Fiquem mais um pouco... — disse-lhes o sábio. — Seria importante que vocês levassem ao Grande Khan mensagens diretas do novo papa...
— Desculpe, senhor, mas já esperamos muito tempo... — respondeu Mateus. — Temos também os nossos negócios...
E Nicolau acrescentou:
— Se demorarmos mais, o Grande Khan é capaz de pensar que desistimos ou que não demos importância à missão que nos confiou. Tenho certeza de que, se isso acontecer, ele ficará desapontadíssimo.
Mateus então explicou:
— Não podemos deixar que o soberano, que nos tratou tão bem, com tanta generosidade, fique triste conosco e com nosso povo. Não queremos que tenha uma decepção...
Teobaldo Visconti acabou concordando. Na despedida, os irmãos fizeram-lhe um pedido:
— Senhor, desejamos sua permissão para ir a Jerusalém e lá obter um pouco do óleo da lâmpada que arde sobre o Santo Sepulcro. A mãe do Grande Khan era cristã, por isso ele nos fez esse pedido...
Mais uma vez o representante da Igreja consentiu. Na verdade, achou que eles realmente deveriam partir logo, em consideração à boa vontade que o soberano oriental estava tendo com a cristandade. E aproveitou

para encarregá-los de outra missão diplomática: a entrega de uma carta ao Grande Khan, explicando que os dois irmãos tinham demorado porque haviam ficado à espera da escolha do novo papa.

Assim, com o óleo do Santo Sepulcro e a carta, Nicolau, Mateus e Marco continuaram sua grande viagem. Mas não foram muito longe. Ao chegarem a Laias, receberam a notícia de que o embaixador da Igreja na Terra Santa, Teobaldo Visconti, os chamava de volta: ele tinha sido eleito o novo papa, com o nome de Gregório X.

Voltaram pois a Acre, onde o novo papa os recebeu muito gentilmente:

– Que sorte eu ainda ter encontrado vocês!

– Realmente... Ficamos muitos dias em Laias porque um sobrinho do Grande Khan, rebelando-se contra ele, invadiu terras de outros povos. Com isso, foram destruídas varias estradas no deserto e cavados fossos e trincheiras por todo lado... Nessas condições, não era aconselhável prosseguir viagem...

O papa sorriu:

– Bem, agora, com a ajuda de Deus, poderão viajar em condições mais honrosas. Vocês já não serão apenas os embaixadores do Grande Khan junto à cristandade. Serão também meus próprios embaixadores junto ao Khan. Levarão cartas, documentos e salvo-condutos. Junto com vocês irão dois frades. Não são, evidentemente, os sábios que Kublai Khan havia pedido, mas são dois dos melhores catequistas desta província. No momento, é só o que posso fazer para não haver mais demoras. Boa viagem e que Deus os acompanhe!

Em cerimônia solene, antes da partida, o papa deu-lhes sua bênção. E entregou-lhes além dos documentos, os melhores mapas que tinha e várias joias para serem presenteadas a Kublai Khan.

Finalmente, partiram os cinco: os dois frades, os irmãos Polo e o jovem Marco. Era março de 1272. Dirigiram-se, por terra, a Laias, onde más notícias os aguardavam: à frente de grande exército, o sultão da Babilônia estava invadindo a Armênia. Em sua passagem, devastava tudo o que encontrava pela frente, incendiando e pilhando cidades inteiras.

Os dois frades ficaram apavorados. Rezavam dia e noite, pedindo a Deus que nada lhes acontecesse. Mas, apesar dos perigos, Nicolau, Mateus e Marco prosseguiam em sua rota, muitas vezes arriscando-se a serem presos ou mortos. Notando o grande pavor dos dois frades, Mateus fez-lhes uma proposta:

– Se não quiserem continuar, não estão obrigados...

Os frades ficaram bastante aliviados. Entregaram a Mateus e Nicolau todos os documentos e presentes que o papa lhes havia confiado e regressaram a Acre.

Enfrentando as mais difíceis situações, os três membros da família Polo seguiram sua viagem. Cavalgaram durante todo o verão e o outono: muitas foram as ameaças, as difíceis travessias de desertos, as passagens por perigosos desfiladeiros. Subiram as altíssimas montanhas da cordilheira do Himalaia, foram apanhados por tempestades e nevascas, experimentaram todo tipo de desconforto, mas conseguiram chegar à grande e rica cidade chinesa de Klemenfu, onde estava o Grande Khan. Após uma viagem tão longa e difícil, cumpririam finalmente sua missão, quatro anos depois de deixar Veneza.

Assim que o Grande Khan soube que os venezianos se aproximavam, mandou que seus cavaleiros fossem encontrá-los para levá-los diretamente ao palácio.

Mateus, Nicolau e Marco foram recebidos com grande alegria e muitas honras. Diante de Kublai Khan ajoelharam e fizeram reverências. O soberano mandou que se levantas-

sem e cumprimentou-os. Fez-lhes então várias perguntas:
– Como estão vocês? Como foi a viagem? Como encontraram a família? Que aconteceu no caminho?
– Tudo está muito bem, senhor, porque chegamos sãos e salvos e o encontramos com saúde, cheio de força e felicidade. Depois contaremos tudo o que aconteceu nesta nossa viagem... – responderam eles.
O Khan quis saber então o resultado da missão que lhes havia confiado. Mateus e Nicolau falaram-lhe dos contatos que tinham tido com o papa e entregaram ao imperador os presentes e cartas que Gregório X lhe havia mandado. Kublai Khan ficou muito comovido e todos os membros da corte maravilharam-se com aquela história tão cheia de desencontros e longas esperas. Em silêncio, ouviram o relato sobre a morte do papa e sua substituição por Teobaldo Visconti.
Ao fim de algum tempo, o Grande Khan olhou para Marco atentamente e perguntou:
– Quem é esse jovem que veio com vocês?
– É meu filho, senhor, e também seu servidor – respondes Nicolau.
– Pois seja bem-vindo! Acho-o muito simpático – disse o soberano.
Para descansar da viagem, ficaram ainda algum tempo na corte. Marco, muito curioso e esperto, logo aprendeu os costumes, a língua e a escrita dos tártaros, e também de alguns povos que eles dominavam. Quanto mais o Grande Khan descobria as qualidades do jovem Polo, mais gostava dele.
Um dia, Kublai Khan teve uma ideia. Mandou chamar Marco e disse-lhe:
– Quero que você seja meu mensageiro numa missão muito importante, junto aos reis de Karagian, uma cidade distante uns seis meses de viagem daqui. Vou mandar pre-

parar todo o equipamento necessário para chegar até lá.

Marco Polo ficou muito feliz com essa prova de confiança. E nem supunha que Kublai Khan, por sua vez, realizaria um grande desejo: ter um mensageiro que lhe desse informações precisas sobre as províncias por onde passasse, um mensageiro que não se limitasse a repetir as respostas que lhe dessem, mas que tivesse capacidade para observar e registrar também todos os costumes e curiosidades de outros povos. No fundo, o imperador tinha certeza de que Marco seria capaz de fazê-lo.

O jovem Polo cumpriu muito bem sua missão e, mais do que um amigo, passou a representar para Kublai a realização desse sonho mais secreto. O rapaz prestava atenção a tudo, interessava-se por todas as novidades, por todos os costumes diferentes que observava, por todas as coisas estranhas que via.

Marco já tinha notado que, como ele, o Grande Khan tinha muita curiosidade por povos diferentes. Assim, foi observando tudo pelo caminho e, na volta, teve muito o que contar ao grande imperador dos tártaros. O soberano ficou tão encantado que tomou uma decisão:

– De hoje em diante, você vai ser não só meu embaixador especial, como também o novo governador da província de Yangchu.

Muitos dos nobres da corte ficaram com inveja e ciúme do rapaz e, quando podiam, faziam intrigas. Na verdade, eles não viam com bons olhos aquele estrangeiro tão prestigiado pelo Grande Khan. Apesar disso, Marco ficou 17 anos com Kublai Khan, tendo sido seu embaixador por várias vezes e governador de Yangchu por três anos. Foi assim que ele ficou conhecendo tantos povos e países. E, como era curioso e observador, acabou sabendo muito mais sobre costumes e nações do que qualquer outro homem de sua época.

Capítulo 3
O regresso a Veneza

Após quase 20 anos de permanência na corte do Grande Khan, Nicolau, Mateus e Marco resolveram pedir licença ao soberano para voltarem à sua terra. Kublai Khan tentou convencê-los a ficar, pois, como gostava muito deles, não queria que fossem embora.

– Precisamos rever nossas famílias e nossas casas, senhor... Desejamos partir...

– Mas como poderei ficar sem meus grandes amigos? Veneza é muito longe... Vocês não voltarão mais para me ver... Fiquem mais um pouco... por favor!

Os venezianos insistiam. O soberano tártaro resistia. E o tempo ia passando...

Ao regressar de uma viagem à Índia, onde tinha ido levar uma mensagem, Marco chegou contando uma porção de coisas maravilhosas sobre aquele país, como só ele sabia fazer. Além do Grande Khan e de sua corte, ouviu-o também uma comitiva de visitantes, que ficaram fascinados com o relato de Marco.

Essa comitiva compunha-se de três embaixadores, chamados Ulatai, Apusca e Koia. Tinham vindo da Pérsia, com um grande séquito, buscar uma noiva para Aslan, seu rei. Este tinha sido casado com uma princesa tártara muito bonita, chamada Bolgana. Ao morrer, ela pediu ao marido que só se casasse de novo se fosse com alguém de seu povo. Por isso, Aslan enviava agora essa comitiva especial, para pedir a Kublai Khan que lhe escolhesse uma noiva entre os nobres tártaros.

O imperador organizara grandes festas em seu reino para recepcionar os visitantes e escolher a futura rainha da Pérsia. Os emissários do soberano persa encantaram-se com Marco e com os irmãos Polo: nunca tinham visto viajantes tão experientes, conhecedores de tantas terras. Acabaram, por isso mesmo, fazendo um pedido a Kublai Khan:

— Se fosse possível, senhor, gostaríamos de que os três latinos nos acompanhassem na viagem de volta, juntamente com nossa futura rainha.

O Grande Khan não queria deixar: não desejava separar-se dos seus amigos. Mas, mesmo contra a vontade, acabou permitindo: reconhecia que, naquela difícil jornada até a Pérsia, eles seriam os mais úteis acompanhantes para a nobre dama. Além disso, poderiam aproveitar para transformar em realidade aquilo que tanto desejavam: voltar para casa. E era mais do que justo! Depois de muito pensar, Kublai Khan mandou chamar os venezianos:

— Meus queridos amigos, é com o coração pesado que me despeço de vocês... Durante todos estes anos em que estiveram aqui, tivemos uma boa e enriquecedora convivência. Agora, peço-lhes um último favor: acompanhem a comitiva persa e ajudem a futura rainha a ser entregue sã e salva a seu rei.

Os preparativos para a viagem foram cheios de emoção. Por um lado, os viajantes estavam felizes porque iam voltar à sua terra, rever sua famílias e suas casas. Por outro, já começavam a sentir falta dos amigos que deixavam no Oriente. Marco olhava tudo à sua volta, ainda com mais atenção do que de costume, esforçando-se para nada esquecer: ele queria fixar na memória, para sempre, cada traço, cada detalhe daquela terra longínqua, de modo que um dia pudesse contar, com toda fidelidade, as maravilhas daquela civilização, cuja cultura era tão diferente da do seu país.

Kublai Khan, por sua vez, não poupou esforços nem despesas para garantir a seus amigos tudo o que estivesse a seu alcance, facilitando as duras condições da viagem. Mandou equipar 14 navios, cada um com quatro mastros e muitas velas. Alguns deles tinham mais de 250 marinheiros! O soberano forneceu-lhes também provisões para mais de dois anos de viagem. Na hora da partida, chamou os três e entregou-lhes documentos e novas plaquetas de ouro com o selo real:

– Aqui estão as ordens para que vocês tenham passagem livre por todas as minhas terras e para que, em qualquer lugar, sejam recebidos com as devidas honras, sem precisarem gastar nada com sua manutenção. Estas instruções são válidas para vocês e toda a tripulação. Além disso, estou enviando também uma escolta, para protegê-los de eventuais ameaças e ataques inimigos. E, mais uma vez, peço-lhes o favor de serem meus embaixadores.

Entregou-lhes então mensagens para o papa, para os reis da Espanha, da França e outros reis cristãos. E, como presente de despedida, Kublai Khan deu a cada um dos venezianos vários rubis e muitas outras pedras preciosas.

E assim, finalmente, depois de passarem 17 anos no Oriente, Marco Polo, seu pai e seu tio despediram-se do grande soberano Kublai Khan e começaram sua longa viagem de regresso.

Navegaram por três meses sem problemas, até que chegaram a uma grande ilha, mais ao sul, na época chamada Java Menor, na Indonésia, onde viram muitas coisas ainda desconhecidas na Europa.

A viagem prosseguiu, agora tão difícil, tão demorada e tão cheia de perigos que, de toda aquela poderosa e bem

equipada armada que partira das terras do Grande Khan, sobraram apenas 18 pessoas, das 600 que haviam embarcado. Entre elas estavam a princesa, o embaixador Koia e os três venezianos. Quando afinal conseguiram chegar à Pérsia, um mensageiro os esperava com uma novidade:
– O rei Aslan morreu!
– E onde está o príncipe Cassan, seu filho? – quis logo saber o embaixador, preocupado com o herdeiro do trono.
– Está muito longe da capital, combatendo inimigos do império que tentam se aproveitar deste delicado momento para invadir nosso país...
E agora? Que fariam então os três Polo com a princesa? Sua missão era entregá-la ao rei... Já que Aslan tinha morrido, poderiam deixá-la com Cassan. Mas como encontrá-lo no meio de uma guerra?
– Deve haver um regente em Tabris, a capital da Pérsia. Seguramente, o trono não estará vazio – disse Koia.
De fato, quem ocupava o trono e cuidava dos negócios do reino na ausência de Cassan era o conselheiro Isfar, que os recebeu com todas as honras. Koia e a família Polo levaram algum tempo contando as diversas dificuldades que tinham enfrentado durante o trajeto. Isfar falou-lhes também sobre a morte e os funerais de Aslan, bem como dos ataques às fronteiras e das ameaças de invasão. Marco, Mateus e Nicolau entregaram então a ele as mensagens do Grande Khan.
Vendo que eram dignos de confiança, por terem desempenhado tão bem sua missão e por serem embaixadores de Kublai Khan, Isfar resolveu fazer-lhes um importante pedido em nome da Pérsia: revelou-lhes como chegar até Cassan, que chefiava um exército de 60 000 homens nas montanhas, e confiou-lhes a entrega da noiva tártara ao novo soberano.

Assim, quando pensavam ter já cumprido integralmente sua árdua missão, os três venezianos viram-se frente a mais uma etapa daquela viagem cheia de perigos pelas terras da Pérsia. Mas não podiam recusar a nova embaixada: mais uma vez, desviaram-se da rota planejada, que os levaria de volta a Veneza, indo ao encontro de Cassan, a quem entregaram a nobre princesa, que deles se despediu com muita tristeza.

Voltaram então para Tabris, de onde esperavam tomar o caminho de casa. Antes da partida, despediram-se de Isfar, que também lhes deu salvo-condutos e quatro placas de ouro com gravações em honra do Grande Khan e seus embaixadores. Essas recomendações persas foram muito úteis durante todo o trajeto de volta: Marco, Mateus e Nicolau tiveram víveres, alojamento e cavalos sempre que se fazia necessário. E assim chegaram a Trebisonda, um porto do mar Negro; daí rumaram para Constantinopla, depois para Negroponte, na Grécia, chegando finalmente a Veneza, onde aportaram em 1295.

Até então, nunca ninguém tinha viajado tanto pelo mundo quanto Marco Polo, o grande viajante de Veneza!

PARTE II

Roteiro das grandes viagens

Nesta segunda parte – subdividida em três livros –, Marco Polo faz, em linguagem simples, minuciosa e muito descritiva, uma autêntica "reportagem" sobre os lugares por onde viajou, falando de diversas terras, seus povos e costumes. Esta parte constitui, verdadeiramente, o livro de Marco Polo, cujo nome original é **Livro das maravilhas**.

Primeiro livro

Da Armênia ao Império Tártaro

1. *A Pequena Armênia*

Há duas Armênias, a Pequena e a Grande. O rei da Pequena Armênia é súdito do Grande Khan. Administra muito bem e com justiça. A região tem várias cidades, com inúmeros castelos, além de excelente caça e pesca. Já foi terra de homens valentes, mas atualmente eles têm apenas uma preocupação: comer e beber com fartura. Junto ao mar Mediterrâneo, há uma importante cidade, Laias, um movimentado porto onde são comerciados todas as especiarias e tecidos do Oriente.

2. *A província da Turcomânia*

Na Turcomânia há três povos diferentes: os turcomanos ou turcos, os armênios e os gregos. Os primeiros são gente simples, que habita as montanhas e os vales. Criam espécies de cavalos de grande corpulência. Adoram Maomé.

Os armênios e os gregos moram nas cidades e aldeias. São artesãos e mercadores.

Aí se fabricam os mais belos tapetes do mundo, de cores deslumbrantes. Também se trabalha muito bem com seda, elaborando tecidos magníficos.

São todos súditos do Grande Khan, imperador dos tártaros do Oriente.

3. A Grande Armênia

É uma extensa província, onde se fala uma só língua. Começa numa grande cidade, Arzingan: aí se fabrica o tecido de algodão mais fino e mais precioso do mundo. Essa cidade tem também muitas fontes de água mineral, que jorram por toda parte. Suas águas são as mais límpidas e saudáveis da Terra.

No verão, todos os rebanhos dos tártaros do Oriente são conduzidos para essa província, porque as pastagens são excelentes. Mas no inverno eles têm de ir embora, já que o frio é tão intenso que mataria os animais.

Uma coisa muito importante que logo notei ao viajar pela Grande Armênia foi o monte Ararat, uma montanha muito alta, com a forma de um cubo, sobre a qual dizem que parou a Arca de Noé. Sua base é tão larga que nem em dois dias se consegue circundá-la. O pico está sempre coberto de neve e, no lugar onde teria parado a Arca, há uma grande mancha escura que se vê de longe, no meio da neve. Mas, chegando-se perto, nada se enxerga.

Na fronteira com a Georgiana há uma fonte que jorra óleo em vez de água, e em tal quantidade que daria para encher 100 navios ao mesmo tempo. Mas não é óleo comestível: é para queimar (petróleo). Pode também ser usado como pomada nas feridas dos animais. Gente de muito longe vem pegar esse óleo e todas as lamparinas do país são iluminadas com ele.

4. O reino da Georgiana

Na Georgiana há um rei chamado Davi Melik, que quer dizer "rei Davi". Ele também é súdito do imperador dos tártaros. Dizem que, antigamente, todos os reis dessa província nasciam com o sinal de uma águia no ombro direito, o que hoje não mais acontece.

Os habitantes desse lugar têm feições bonitas, são valentes na guerra e bons atiradores. São cristãos e seguem o rito grego. Usam cabelos curtos, como os padres.

Essa foi a província que Alexandre, o Grande, não conseguiu atravessar porque a estrada é muito estreita e perigosa, apertada entre o mar e a montanha: bastam poucos homens para impedir a passagem. Foi assim que o povo da Georgiana deteve Alexandre. Ele teve de mandar erguer nessa estrada uma torre fortificada, chamada "porta de ferro", para impedir que esse povo viesse contra ele. Por isso, costuma-se dizer que Alexandre fechou os tártaros dentro das montanhas. Não é, entretanto, uma afirmação correta, pois nessa época os tártaros não habitavam essa região: o povo que lá estava chamava-se *comano*.

Na Georgiana há várias cidades e aldeias, que produzem muita seda. São típicos dessa região os belíssimos tecidos de seda com fios de ouro – os brocados. É também natural daqui uma espécie de abutres enormes, chamados *avigi*. Os homens dessa província vivem suntuosamente, pois há abundância de tudo: o solo é rico e o comércio é intenso.

Por toda a província há montanhas muito altas; por isso, os tártaros ainda não dominaram totalmente esse território. Nas montanhas há um mosteiro cristão chamado São Leonardo. De uma montanha bem próxima, desce um curso de água que forma um lago diante do mosteiro. Dizem que nesse lago nunca há peixe algum. Só durante a quaresma: do primeiro dia até o Sábado Santo, aparecem no lago peixes em grande quantidade. No dia de Páscoa, eles desaparecem: não sobra um sequer, até a quaresma seguinte. E isso acontece todos os anos, como se fosse um milagre.

O mar que banha a Georgiana chama-se mar Baku. Tem 2 700 milhas de perímetro. É como se fosse um viveiro, pois não se comunica com nenhum outro mar, distando do mais próximo uns 12 dias de viagem. Muitos rios deságuam nesse mar cheio de peixes, como o salmão e o esturjão. Recentemente, os mercadores de Gênova conseguiram trazer seus navios até esse mar e nele navegam.

Até agora, falei da Armênia e da Georgiana, regiões mais ao norte. Agora vou falar das terras que se estendem para o sul e para o leste.

5. *O reino de Mossul*

Mossul é um grande reino, com muitos povos. Uma parte da população é árabe e adora Maomé. Outra, formada pelos nestorianos e jacobitas, adeptos de duas seitas que seguem a religião cristã, mas não como manda a Igreja de Roma, já que alguns de seus rituais são diferentes. O chefe dessa Igreja é um patriarca chamado Jacolit, que nomeia bispos e arcebispos para toda a Índia, para Bagdá e para Catai (China).

Em Mossul são fabricados tecidos finos de seda e ouro chamados *musselinas*, cujos artesãos são verdadeiros mestres em sua arte.

Nas montanhas desse reino vive um povo denominado *curdo* – alguns são cristãos, outros muçulmanos. São valentes e bons arqueiros, mas muito maus, pois assaltam e roubam os mercadores.

6. *Como Bagdá foi tomada pelos tártaros*

Bagdá (também chamada Baudac) é uma importante cidade. Lá está estabelecido o grande califa, espécie de líder espiritual de todos os muçulmanos do mundo, assim como em Roma está o papa, chefe de todos os cristãos. No centro de Bagdá passa um rio caudaloso, o Tigre, pelo qual se pode ir até o mar da Índia em 18 dias. É por esse rio que passara os mercadores com suas mercadorias. Descendo-se por ele em direção ao mar, encontra-se uma grande cidade, chamada Bassora, em redor da qual há bosques com as melhores tâmaras do mundo.

Em Bagdá fabricam-se tecidos de vários tipos: de ouro e seda, de veludo, ou adamascados, todos ornamentados com representações de peixes, animais e pássaros. São também de lá os famosos *baldaquins* – pano sustentado por colunas, que serve de cúpula para altares –, que têm esse nome em homenagem à cidade. A maior parte das pérolas que vem da Índia para a Europa é furada em Bagdá, para a confecção de colares. Aí se estudam todas as ciências, principalmente a lei de Maomé, a necromancia, a física, a astronomia e a filosofia. É a maior e a mais nobre cidade de toda aquela região.

O califa de Bagdá possuiu o maior tesouro em ouro, prata e pedras preciosas que um só homem jamais teve. E, por causa desse tesouro, ele acabou morrendo. Vou contar como aconteceu.

Em 1255, Ulau, o Senhor dos Tártaros do Oriente, irmão do que reina atualmente, cujo nome é Kublai, reuniu um exército imenso, atacou o califa de Bagdá e tomou a cidade. Foi um feito extraordinário, porque Bagdá tinha para defendê-la mais de 100 000 cavaleiros, sem contar os soldados da infantaria.

Depois de tomar a cidade, Ulau descobriu que o califa tinha uma torre cheia de ouro, prata e objetos preciosos, numa enorme quantidade. Ulau ficou espantadíssimo: não conseguia acreditar que pudesse existir tanto ouro no mundo. Mandou então trazer o califa, que era seu prisioneiro, e perguntou-lhe:

– Por que juntou um tesouro tão grande? Que pretendia fazer com ele? Por que foi tão avarento? Poderia ter distribuído uma parte para o seu povo...

O califa nada disse, pois não tinha o que dizer. Ulau continuou:

– Não sabia que, como seu inimigo, eu viria atacá--lo? E quando soube que eu me aproximava, por que não contratou mais soldados e cavaleiros para lutarem por sua gente, sua cidade e sua vida? Não queria gastar muito? Nem para se defender?

O califa continuava sem palavras. Então Ulau lhe disse:

– Califa, já que ama tanto sua riqueza, fique sabendo que vou lhe dar todo o seu tesouro e nada mais além dele, até sua morte. Trate de comê-lo!

Deu ordens para que o encerrassem na torre com o ouro, a prata e as pedras preciosas, mas sem nada para comer ou beber. E concluiu:

– Agora encha a barriga com o tesouro!

Era tarde para se arrepender: quatro dias depois, ele morreu de fome na torre. Desde essa época, nunca mais houve outro califa em Bagdá.

7. *A grande maravilha da montanha*

Agora vou falar-lhes de um fabuloso prodígio, que dizem ter acontecido entre Bagdá e Mossul. No ano de 1275, havia em Bagdá um califa que odiava os cristãos, fato comum entre os muçulmanos. Persuadido por seus conselheiros, queria convertê-los à sua fé, ou então matá-los.

Um dia mandou chamar todos os cristãos da cidade e explicou-lhes o seguinte:

– Nossos sábios pesquisaram vários textos e descobriram que o livro por vocês chamado de *Evangelho* diz que, se um cristão tiver fé, mesmo que seja do tamanho de uma mínima sementinha, será capaz de remover montanhas... bastando apenas rezar a Deus!...

– É verdade – confirmaram os cristãos.

– Pois então – disse o califa – deve haver entre vocês alguém com bastante fé. Tratem de rezar e fazer aquela montanha mover-se, senão mandarei matá-los. A não ser que queiram trocar de religião e abraçar a dos muçulmanos... Entre nós, quem não tem fé deve morrer... Dou-lhes o prazo de dez dias. Se nada conseguirem, já sabem...

Os cristãos ficaram com muito medo e não sabiam o que fazer. Mas não perderam a esperança. Reuniam-se todos – homens, mulheres e crianças – junto a seus bispos e arcebispos, e rezaram durante oito dias seguidos. Na nona noite, apareceu um anjo ao bispo – que era um homem muito piedoso – e disse-lhe que procurasse um sapateiro cristão que morava ali perto, porque as preces desse homem fariam a montanha mover-se.

O sapateiro era um homem tão religioso que uma vez se impôs violento castigo, só por causa de um mau pensamento. Uma bela dama procurou-o para encomendar uns chinelos. Quando ele foi tirar a medida de seus pés, a moça levantou um pouco a saia, mostrando-lhe os pés e as pernas, que eram realmente muito bonitos. O sapateiro tirou-lhe as medidas e, por muito tempo, ficou pensando no que tinha visto. Então, para mostrar seu arrependimento e para que nunca mais pecasse por um olhar mais ousado, furou o próprio olho direito com a sovela – seu instrumento de trabalho.

Pois foi a esse homem que o bispo se dirigiu. O sapateiro disse que nada poderia fazer, pois era um pobre pecador, sem valor algum. Mas, como o bispo e os outros cristãos insistissem muito, ele concordou em rezar para que a montanha se movesse.

No dia combinado, o califa reuniu novamente todos os cristãos. Mandou que ficassem na planície, diante de seus soldados, e fizessem a montanha mover-se. Se não conseguissem, poderiam escolher entre converter-se à religião dos muçulmanos e morrer!

O sapateiro destacou-se então do grupo, ajoelhou-se e passou a rezar com fervor. No mesmo momento, a terra começou a tremer e a montanha foi deslizando. O califa gritou:

– Pare de rezar!

O sapateiro parou e a montanha tornou-se imóvel. O califa ficou tão impressionado que se converteu ao cristianismo, embora nada dissesse ao seu povo. Muitos anos depois, quando morreu, descobriram que ele usava uma cruz pendurada no peito. Por isso, não o enterraram no mesmo túmulo dos outros califas que o haviam precedido.

8. *A nobre cidade de Tauris (antigo nome de Tabris)*

Tauris é uma grande cidade da província do Iraque, cercada por várias vilas e aldeias. Mas Tauris é a mais bonita. Seus habitantes vivem do comércio e do artesanato de tecidos de seda e ouro. O mercado de Tauris é famoso pelo comércio de pedras preciosas. Lá há gente de diversas procedências. Em volta da cidade há belos jardins e parques cheios de frutos, com muitas fontes. Mas os muçulmanos de Tauris são muito cruéis para com todos os que não respeitam suas leis.

Vamos agora falar da Pérsia, que fica a uns 12 dias de viagem a partir de Tauris.

9. *A grande província da Pérsia e os reis magos*

A Pérsia é uma província muito grande e antiga, com uma nobre história. É lá que fica a cidade de Sava, de onde partiram os três reis magos que foram adorar Jesus Cristo quando Ele nasceu. Os reis – Baltasar, Melquior e Gaspar – estão enterrados nessa cidade, num belo túmulo. E até hoje conservam-se intactos, com barbas e cabelos. Em Sava, por mais que eu perguntasse, não consegui descobrir muita coisa sobre eles. Mas, no interior da província, contaram-me o que vocês vão saber agora.

Caminhando-se três dias a partir de Sava, chega-se a um castelo chamado Palasata, que quer dizer "castelo dos adoradores do fogo", ao redor do qual se estende uma pequena aldeia. Disseram-me os habitantes desse local que, há muito tempo, três reis saíram daquela região para adorar um profeta nascido no país dos judeus. Levaram três presentes: ouro, incenso e mirra. Se ele aceitasse o ouro, seria um rei terrestre; se aceitasse o incenso, seria Deus; se aceitasse a mirra (usada para embalsamar cadáveres), seria imortal. Quando chegaram perto do lugar onde Jesus tinha nascido, eles se separaram. O mais moço foi primeiro, mas só encontrou um homem igual a ele, com o mesmo aspecto e a mesma idade. Depois foi o do meio e, em seguida, o mais velho. Cada um deles viu apenas um homem semelhante a si mesmo. Resolveram assim ir os três juntos: encontraram então um menino de 13 dias, rodeado por anjos. Adoraram-no e ofereceram-lhe ao mesmo tempo o ouro, o incenso e a mirra. O menino aceitou os três presentes e os magos receberam em troca uma caixa fechada.

Os reis começaram então a viagem de regresso à sua cidade. Passados alguns dias, resolveram abrir a caixa: dentro dela havia uma pedra. Pensaram muito, mas não conseguiram compreender de imediato o que ela significava: a firmeza que deveriam ter na nova fé em que acabavam de se iniciar. Como ainda não sabiam para que servia a pedra, jogaram-na dentro de um poço. Nesse momento, desceu do céu um fogo ardente, caindo sobre o poço: os reis logo se arrependeram de se terem desfeito da pedra. Pegaram então um pouco daquele fogo e o levaram consigo. Em sua terra, depositaram-no numa igreja, onde até hoje permanece aceso e é adorado por todos.

10. *As cidades e os povos da Pérsia*

Quero também contar algumas curiosidades sobre os povos da Pérsia e seus costumes. Nessa província há oito reinos diferentes. Em todos eles há cavalos de boa linhagem, bem adestrados, muito procurados na Índia. Também os jumentos persas são excelentes: belos, bons corredores, aguentam muito peso e comem pouco. Custam mais do que os cavalos. Os mercadores persas de burros e cavalos são perigosos: eles atacam e até se matam para conseguir bons negócios. Se não fosse o medo que têm do Grande Khan, matariam também todos os mercadores estrangeiros. Para escapar deles, é necessário viajar com boas armas e muita gente.

Nas cidades persas, há vários comerciantes e ótimos artesãos, que fazem belos tecidos de seda e ouro e trabalham muito bem com o algodão. Há abundância de cereais, de vinhos e de frutas, principalmente as famosas uvas da Pérsia.

Em volta da nobre cidade de Jasdi, há planícies enormes, muito boas para se cavalgar. Existem também bosques bonitos, com tamareiras e boa caça, tanto de animais de pelo quanto de perdizes e codornas. Há também *onagros*, que são burros selvagens muito velozes.

A sete dias de viagem de Jasdi, em direção ao Oriente, fica Kerman, a cidade das pedras preciosas chamadas *turquesas*. As montanhas estão cheias de turquesas e também de veios de aço e antimônio. Nessa região fabricam-se magníficos arreios para cavalos e também todas as espécies de armas. As damas dessa região, bem como suas aias e acompanhantes, fazem magníficos bordados com motivos de animais, pássaros, flores e árvores, em tecidos de seda e ouro. Fazem também cortinas, estofados, almofadas, travesseiros... um trabalho maravilhoso de se ver.

Nas montanhas de Kerman nascem os mais bravios

e ágeis falcões. São menores do que os europeus, mas voam tão rápido que nenhum outro pássaro lhes consegue escapar.

O povo de Kerman é bom, tranquilo, humilde e pacífico; ajudam-se uns aos outros sempre que podem.

Nos limites da cidade há uma montanha enorme: leva-se dois dias para descê-la, entre árvores frutíferas e rebanhos guardados por pastores. Mas não se vê casa alguma. Lá faz tanto frio durante o inverno, que é preciso usar muitas roupas e grossas peles. Mesmo assim, muita gente não resiste e morre.

11. Kamandu

Atravessando-se as montanhas de Kerman, chega-se a uma planície quente, onde fica a cidade de Kamandu, em meio a uma região que produz tâmaras, pistaches, frutas-do-paraíso – as bananas – e outras que não existem na Europa.

Também o gado é diferente: branco, de pelo curto, chifres longos. Os bois são muito bonitos e têm uma corcova alta no meio das costas – são os zebus. Os carneiros são enormes, fortes como jumentos, aguentam carregar bastante peso e têm carne muito saborosa.

Nessa planície há muitas outras cidades e aldeias, todas cercadas de muros de terra bem altos, com enormes torres de observação, para proteger os habitantes dos ataques dos povos karaunas, mestiços de indianos com tártaros, cujo rei se chama Nogodar. Os karaunas são ladrões que nada respeitam: percorrem toda a região atacando e pilhando, enquanto distraem as pessoas com seus encantamentos diabólicos. Dizem que quando querem roubar, esta gente faz com que o dia se transforme em noite. É difícil alguém salvar-se dos seus ataques: ninguém os vê na escuridão. Costumam matar os velhos e vender os jovens como escravos. São maus, traiçoeiros e cruéis. Eu próprio, por pouco, não fui feito prisioneiro; por milagre, consegui refugiar-me numa aldeia chamada Konsalmi, enquanto muitos de meus companheiros foram presos, vendidos ou mortos.

12. O porto de Ormuz

A planície de Kamandu estende-se para o sul. Leva-se cinco dias para atravessá-la. Seguindo-se por uma estrada muito acidentada e cheia de bandidos, chega-se a outra planície, belíssima, cortada por rios e cheia de pássaros, como papagaios, araras e outros, bem diferentes dos que conhecemos na Europa.

Andando-se mais dois dias, chega-se a um porto chamado Ormuz (junto ao mar da Arábia, no oceano Índico). Nesse porto param navios vindos da Índia, carregados de variadas mercadorias, desde tecidos até elefantes, que daí vão para o mundo todo. É uma cidade quente e muito insalubre. Se algum mercador estrangeiro morre nessa cidade, o rei de Ormuz apropria-se de tudo quanto lhe pertence.

Os habitantes dessa região não podem comer as mesmas coisas que nós: se ingerem carnes e cereais, ficam doentes; por isso, eles se mantêm com peixe salgado, tâmaras e outros alimentos leves.

Os navios de Ormuz, muito frágeis, não são montados com pregos de ferro como os nossos: são feitos de uma madeira muito dura e costurados com um tipo de corda feita de fibra de coqueiro. Todas as embarcações são descobertas, têm uma vela, um mastro e um timão. Quando estão carregadas, os tripulantes cobrem tudo com peles e, sobre elas, colocam os cavalos que vão para a Índia. É perigoso navegar nesses navios, principalmente num mar como o da Índia, terrivelmente atingido por tempestades.

O povo de Ormuz é negro e adora Maomé. Durante o verão, ninguém fica na cidade: todos vão para os jardins próximos dali, na região dos rios e dos lagos. Se não fizerem isso, acabam morrendo, pois o calor é muito intenso. Todos os dias, de manhã, sopra um vento forte que vem do deserto de areia: é tão ardente que ninguém consegue respirar direito. Por isso, assim que o vento começa, todos entram na água, até a altura do queixo, protegendo-se com treliças recobertas de folhas, fixadas nas margens. Só assim escapam de morrer queimados ou ser levados pelo vento quente.

Quando alguém morre, o luto é rigoroso. As viúvas choram por seus finados maridos diariamente, durante quatro anos, em meio a todos os parentes reunidos.

13. Como se cavalga no deserto

Até agora, falei da região sul da Pérsia, onde estão as montanhas e planícies que se estendem até o mar. Falta ainda falar da região norte, onde só se chega depois de atravessar o deserto.

A viagem é difícil. Partindo-se de Kerman, cavalga-se durante sete dias por uma estrada horrível, sem se ver água por três dias. O viajante encontra apenas uma ou outra laguna quase seca, com um pouco de água verde, salgada e amarga, que não dá para beber. É preciso, pois, levar uma provisão. Nesse trajeto, não há casa alguma: tudo é seco e desolado. Só então se chega a Kobiam, uma grande e nobre cidade, onde se fabricam espelhos de ótima qualidade, medicamentos e belíssimos artefatos de metal.

Quando se deixa Kobiam, anda-se mais uns oito dias pelo deserto. Tudo seco; não há plantas nem água. Chega-se então a uma província chamada Timochain, no extremo norte da Pérsia, cuja cidade principal é Tabac. Nesse local há uma imensa planície onde se ergue a *Árvore do Sol*, que os cristãos chamam de *Árvore Seca*. É uma planta isolada no meio do deserto, num raio de 100 milhas. É alta e grossa, com folhas verdes de um lado e brancas do outro.

Produz umas nozes semelhantes às castanhas, mas ocas. Dizem que nesse lugar ocorreu a grande batalha entre Alexandre, o Grande, e Dario III, rei da Pérsia, no século IV a.C. O clima é bom e os habitantes adoram Maomé. As mulheres, em minha opinião, são de extraordinária beleza.

14. *O Velho da Montanha e seus assassinos*

Mulehet era o nome de um antigo lugar dessa região da Pérsia, hoje desértica, onde morava um príncipe muito mau, chamado Aloadin, mais conhecido como o Velho da Montanha. Ele mandou fazer, num vale, o maior e mais belo jardim do mundo, com muitas flores, e também um pomar onde amadureciam os melhores frutos daquela terra. Possuía ainda os mais belos palácios, decorados com pássaros e animais pintados a ouro. Dizem que pelos canais do vale corriam líquidos preciosos: água, mel, vinho e leite. Por toda parte havia moças e rapazes bonitos como anjos, cantando e dançando, pois Aloadin fazia com que seus súditos acreditassem que estavam no paraíso.

Os muçulmanos daquela região não duvidavam disso, porque o Velho construiu aquele jardim à semelhança do paraíso descrito pelo profeta Maomé. Mas lá só podiam entrar os que Aloadin escolhesse. E ele só permitia a entrada de quem pudesse ser transformado em assassino, em executor de suas vinganças...

Na entrada do jardim, havia um castelo fortificado. Em geral, o Velho trazia para a sua enorme propriedade garotos de 12 ou 13 anos, mas só os que prometessem tornar-se homens valentes. Antes de entrarem, dava-lhes ópio, para que dormissem por três dias. Só então pedia que os trouxessem para dentro, em grupos. Quando os garotos acordavam e viam tudo aquilo, achavam que realmente estavam no paraíso. Tudo era tão maravilhoso que ninguém pensava em se afastar dali por vontade própria.

Quando queria matar algum inimigo, o Velho selecionava o jovem que seria o assassino, dava-lhe uma bebida para adormecê-lo e mandava que o levassem para fora do jardim. Ao acordar, do outro lado do "paraíso", o rapaz espantava-se e ficava triste. Então o Velho se aproximava, como se fosse um profeta, e encarregava o jovem de matar a vítima que tinha escolhido. Era a condição imposta para a volta ao "paraíso". Assim ninguém lhe escapava... E todos lhe obedeciam, para não serem mortos... Naquela época, havia muitos soberanos que dominavam seus subordinados pelo medo.

Finalmente, em 1257, Ulau, o Senhor dos Tártaros do Oriente, que sabia de todas essas maldades, resolveu liquidar Aloadin. Mandou então que alguns de seus barões cercassem os jardins. O Velho ficou três anos dentro do castelo: venceu-o a fome, que acabou também com toda a sua gente.

15. *Sapurgan e Balk*

Saindo-se dessa região desértica, cavalga-se por belas planícies e colinas, cobertas de pastagens e árvores frutíferas. Mas, volta e meia, se atravessa também algum deserto, sem água nem comida. Após seis dias, chega-se à cidade de Sapurgan, onde nascem os melões mais gostosos do mundo. Seus habitantes cortam-nos em fatias e põem-nos para secar – ficam mais doces do que o mel.

Perto dali localiza-se Balk, que já foi uma cidade muito rica, onde Alexandre se casou com a filha de Dario III. Agora, porém, com o domínio tártaro, entrou em decadência. Balk fica no extremo leste da Pérsia. Nessa região, pode-se cavalgar durante uns 12 dias, sem que se veja uma única habitação: os homens, para se defenderem dos invasores e dos bandidos, vivem nas montanhas em verdadeiras fortalezas.

16. *A montanha de sal*

Após os 12 dias de viagem de que falei, chega-se a Taikan, uma região muito bonita, onde há um grande mercado de cereais. Ao sul, há uma vasta montanha de sal, de muito boa qualidade, tão duro que só pode ser retirado com picareta. As pessoas vêm de longe para buscá-lo. Os habitantes, apesar de muçulmanos, bebem bastante vinho, aliás muito bom. Sabem caçar com destreza e fazem belos trabalhos de couro e pele. Saindo-se de Taikan, atravessa-se uma região bastante fértil, com cidades e aldeias. Mas, depois da vila de Scassem, que é atravessada por um rio, viaja-se durante três dias sem se encontrar ninguém nem nada para comer.

17. *Balaschian e Pascia*

Balaschian é um extenso reino, cujo monarca descende de Alexandre. De lá vêm os preciosos rubis, chamados *balascios*, extraídos de uma enorme montanha, onde há também outros minérios. Os rubis existem em tão grande quantidade que, para não baixar seu preço, é proibido levá-los para fora do reino. Se alguém fizer isso, pode ter sua cabeça cortada. Lá há também uma outra montanha, da qual se extraem safiras, as melhores e mais bonitas do mundo, sem falar das numerosas minas de prata.

Balaschian é uma província fria, onde nascem magníficos cavalos, bons corredores, que não usam ferraduras, apesar de andarem pelas montanhas. O lugar é muito bem fortificado, preparado para a guerra. O clima das montanhas é ótimo e ajuda a curar doenças, o que posso comprovar: eu mesmo estive doente durante mais de um ano, com muita febre. Só fiquei bom depois de passar algum tempo nessas montanhas.

Os homens e as mulheres de Balaschian usam calças largas. As damas costumam enrolar faixas de linho finíssimo ou de algodão por dentro das calças, para parecer que têm quadris grandes, pois os homens de lá gostam de mulheres gordas.

A dez dias de Balaschian, fica Pascia, onde se fala uma língua bem diferente. Seus habitantes têm pele escura, adoram ídolos (estátuas que representam os deuses), como os indígenas, e usam nas orelhas argolas de ouro ou prata, com pérolas e pedras preciosas.

A partir de Pascia, viajando-se por sete dias em direção ao sudeste, chega-se a Cachemira, região norte da Índia, que também possui idioma próprio. É habitada por idólatras, que assustam os visitantes com suas mágicas diabólicas. Homens e mulheres são morenos e magros; alimentam-se de arroz e carne. É uma região de clima temperado, com aldeias, desertos e locais fortificados. É um país autônomo, cujo rei se tornou famoso por seu rigor na aplicação da lei.

18. *O grande rio de Balaschian – o rio Indo*

Para sair de Balaschian, viaja-se ao longo de um extenso rio. Após 12 dias, chega-se à pequena província de Vokan, habitada por homens corajosos. A caça é abundante nessa região. Com mais três dias de viagem, chega-se às montanhas que todos dizem ser as mais altas do mundo – a cordilheira do Himalaia. Nelas há um altiplano com ótimos pastos, que em dez dias conseguem engordar qualquer animal, por mais magro que seja. Mas o lugar é tão frio e tão alto que mesmo o fogo não atinge lá o calor que tem em outros lugares. Por isso, os alimentos levam muito tempo a cozinhar.

Cavalgando-se para leste mais uns três dias, ainda é possível encontrar povoações. Depois, viaja-se por mais de 40 dias, por montanhas e desfiladeiros, atravessando-se rios e desertos, sem se encontrar habitação ou abrigo. Há pessoas que moram nas altas montanhas, mas longe umas das outras. Dizem que são muito malvadas. Adoram ídolos, vivem da caça e vestem-se com peles de animais.

19. Samarcanda

Samarcanda é uma nobre cidade, onde vivem cristãos e muçulmanos, todos súditos do Grande Khan. Não faz muito tempo que Zagatai, irmão de Kublai Khan e senhor dessa cidade, se converteu ao cristianismo. Os cristãos de Samarcanda ficaram muito contentes e construíram uma igreja em louvor de São João Batista. A coluna que sustentava todo o edifício foi erigida sobre uma pedra retirada de uma mesquita – este é o nome que se dá aos templos dos muçulmanos.

Quando Zagatai morreu, os maometanos resolveram recuperar a pedra. Podiam fazê-lo à força, porque eram muito mais numerosos do que os cristãos. Mas resolveram primeiro pedi-la de volta. Os cristãos não queriam devolver a pedra: ofereceram-se para pagar por ela, mas os muçulmanos não queriam trocá-la por nada. Para acabar com a discussão, o filho de Zagatai resolveu restituir a pedra. E marcou uma data.

No dia marcado, quando os muçulmanos foram à igreja para retirá-la, viram que a coluna que nela se apoiava estava em pé, mas pairava no ar, sem tocar em nada, uns quatro palmos acima da pedra: um milagre de Nosso Senhor Jesus Cristo! Mesmo muito impressionados com o que viram, os muçulmanos levaram a pedra. E a coluna está até hoje sem apoio, suspensa no ar! Muita gente vem de longe só para ver esse prodígio.

20. A Grande Turquia

Partindo-se de Samarcanda, passa-se pelas cidades de Kaskar, Jarcanda, Kotan e Pen, até chegar-se a uma província da Grande Turquia, chamada Charchan (todas essas cidades situam-se no oeste da China). É uma região arenosa, rica em pedras ornamentais e águas minerais amargas. Depois de 50 dias de viagem, chega-se a Lop, uma cidade maometana que fica na entrada do Grande Deserto de Gobi, ainda em território pertencente aos domínios do Grande Khan.

As caravanas que vão atravessar o deserto sempre param em Lop durante mais ou menos uma semana, para preparar provisões e deixar os animais descansarem. O deserto é imenso: seria preciso um ano para atravessá-lo em toda a sua extensão. Mas, no ponto mais estreito, é possível fazer a travessia em um mês. É uma sucessão de montanhas, vales e planícies cobertas de areia, onde nada há para comer. É preciso caminhar dias e noites para se encontrar um local onde existe água: não é muita, mas o bastante para uns 50 homens e seus animais. Depois, a distância a ser percorrida no deserto é imensa, até que se encontre água outra vez.

Agora vou dar um conselho para quem pretende atravessar um deserto. Deve-se tomar todo o cuidado para não se afastar dos companheiros, pois é comum ocorrer um fato surpreendente e maravilhoso: às vezes, ouve-se no ar, inesperadamente, o som de vozes ou então o tropel de uma cavalgada. Há ainda ocasiões em que se ouve claramente alguém chamando e também os sons de alguns instrumentos musicais... Se uma pessoa confundir essas ilusões com o barulho dos companheiros, pode afastar-se da rota e acabar morrendo, sozinha. Muita gente já se perdeu e morreu de fome por acreditar nessas miragens acústicas...

21. A grande província de Tangut

Na saída do deserto, fica a cidade de Sachu, já na província de Tangut, um pouco mais ao norte, fora da rota do Oriente. Seus habitantes não são mercadores: vivem dos produtos da terra. Também não são cristãos, nem muçulmanos: adoram ídolos. Quando nasce uma criança, seu pai oferece a vida de um carneiro ao principal ídolo. Depois cozinham o animal, a família toda o come e os ossos são guardados numa caixinha junto à cama da criança, para que esteja sempre protegida.

Quando morre alguém, o defunto não é enterrado, mas queimado junto com seus pertences – mesmo que sejam cavalos ou carneiros – para que estes o acompanhem ao outro mundo. Antes, porém, os parentes mandam chamar os astrólogos, para saber quando podem queimar o morto. Às vezes, o astrólogo manda esperar muito tempo pelo dia conveniente, e o cadáver fica trancado numa caixa espessa e bem fechada, com muito açafrão e várias outras ervas, até o momento de ser queimado.

22. Kamul e Chinchitalas

A noroeste de Sachu, localiza-se Kamul, que já foi um grande reino. Agora é uma rica província, que possui alimentos em abundância. Seu povo é muito amável e divertido, gosta de festas e de música. Todos tocam algum instrumento, cantam e dançam.

Quando chega algum viajante, sua hospitalidade é generosa, pois ficam muito contentes por receber visitantes. Segundo seu costume, nessas ocasiões os maridos saem de casa, passam alguns dias em outro lugar e mandam suas mulheres servirem o estrangeiro em tudo... Todos se divertem muito e ninguém se envergonha por isso.

Outra província próxima, mais ao norte, é Chinchitalas, onde há montanhas com ricos filões de aço e antimônio. Nessas montanhas há também uma substância com a qual se faz a *salamandra*. Mas atenção! Não estou falando do animal que dizem não se queimar no fogo, mas do *amianto*. Esse material é extraído e rompido em filamentos, como se fosse lã; depois é seco e empilhado em vasilhas de cobre. Em seguida é lavado, para que se desprenda a terra nele misturada. Ficam então apenas as fibras, que são fiadas e tecidas como se faz com o algodão. Originalmente escuro, quando levado ao fogo fica branco e não se queima. E, se por acaso o tecido ficar sujo, é só levá-lo ao fogo que ele clareia outra vez. Isso é o que chamam *salamandra*... Um pano que é imune ao fogo!

23. Kanchu e Karakorum

Voltando-se à rota do Oriente, passa-se primeiro pela cidade de Suchu, onde fica o ponto extremo oeste da Grande Muralha da China. Essa cidade fica próxima a um deserto de pedras: leva-se 40 dias para atravessar essa árida região, tal a dificuldade de se andar sobre as pedras. Chega-se então a uma cidade grande e nobre. É a principal de toda a província de Tangut. Chama-se Kanchu e é habitada por idólatras, cristãos e adoradores de Maomé – mas devo dizer que aqui os idólatras são mais honestos do que os outros que conheci... Seu calendário segue as fases lunares, não as solares, e, em determinados meses, há cinco dias em que não se matam animais de espécie alguma, nem se come carne. Em Kanchu um homem pode ter 20 ou 30 mulheres, mas a primeira é sempre a predileta. E ninguém acha que isso é pecado...

Antes de seguir viagem, meu pai, meu tio e eu ficamos um ano nessa terra, por causa de negócios. Tive então a oportunidade de visitar uma importante cidade situada mais ao norte: lá teve origem o grande império tártaro. Essa cidade chama-se Karakorum e tem, mais ou menos, três milhas de perímetro. Foi em Karakorum que se estabeleceu o primeiro imperador tártaro, cujo castelo ainda pude ver.

24. A origem dos tártaros

Vou contar agora como nasceu e se expandiu este enorme e fabuloso império dos tártaros. Disseram-me que esta história tem passado de pai para filho há mais de 100 anos.

Antes de se fixarem em Karakorum, os tártaros moravam mais ao norte, em grandes planícies, onde havia ótimos pastos e água abundante. Não tinham soberano, mas pagavam tributo a um príncipe cristão, descendente dos reis magos, que ali havia se estabelecido. Os tártaros chamavam-no de Un Khan – que significa "Grande Senhor" –, mas seu nome verdadeiro era Preste João (*preste* era um título hierárquico religioso, assim como *padre*). Este homem era muito famoso em todo o Oriente. Respeitando sua força e seu poder, os tártaros entregavam-lhe, anualmente, a décima parte de seus rebanhos. Era, sem dúvida, um pesado tributo.

Mas os tártaros se multiplicavam com muita rapidez. Com medo de que se rebelassem, Preste João resolveu subdividi-los e distribuí-los em vários territórios, distantes uns dos outros, enviando alguns dos seus barões para governá-los e cobrar-lhes os impostos. Quando compreenderam o que ele pretendia, os tártaros ficaram enraivecidos. Juntaram tudo o que tinham e partiram para o sul, atravessando os grandes desertos, para que Prestes João não lhes pudesse fazer mal. Nunca mais lhe pagaram tributo algum e passaram a viver em local seguro.

25. Como Gengis foi o primeiro Khan

No ano de 1197, os tártaros escolheram um rei para governá-los, um pastor chamado Gengis – homem de grande valor, sensatez e coragem. Logo foi aceito como imperador de todos os tártaros, mesmo pelos que viviam mais distantes da sede do reino. Governava muito honestamente e, em pouco tempo, viu-se à frente de uma tão grande multidão de tártaros como ninguém nunca imaginara que houvesse. Conquistou rapidamente oito províncias, mas sem fazer mal às populações dominadas: não as saqueava; apenas levava-as consigo para subjugar outras terras. E todos o seguiam de boa vontade, pois sabiam que era bom e justo.

Quando Gengis percebeu que era um grande líder, pensou em conquistar o mundo... Mandou então mensageiros a Preste João, dizendo que desejava casar-se com sua filha. O príncipe cristão ofendeu-se e disse a seus mensageiros:

– Gengis é muito atrevido em querer que minha filha seja sua mulher... Será que ele não sabe que é meu súdito? Digam que prefiro queimá-la viva a dá-la como esposa a Gengis. E digam também que vou mandar matá-lo, por traição a seu soberano! Partam imediatamente!

Os mensageiros repetiram tudo a Gengis Khan. Ele ficou tão magoado e com tanto ódio que jurou fazer Preste João pagar caro pela insolência. Preparou então o maior exército de que até então se tivera notícia e mandou dizer ao inimigo que se defendesse, pois ia mostrar-lhe que não era seu escravo.

Quando Preste João recebeu essa mensagem, ficou até contente: julgava poder prender facilmente Gengis Khan e depois matá-lo, uma vez que não acreditava no poder tártaro.

Pouco depois, com seu exército já organizado, Gengis Khan dirigiu-se a uma planície junto às terras do inimigo, onde acampou com seus soldados. Quando soube disso, Preste João preparou seus homens e foi para a mesma planície, colocando-se a 20 milhas do exército do Khan. E ali ficaram, aguardando a hora da batalha.

Gengis Khan mandou então chamar seus astrólógos cristãos e muçulmanos, para saber quem venceria. Os cristãos pegaram um caniço, partiram-no em dois, no sentido do comprimento, escreveram o nome de Preste João numa das metades e o de Gengis na outra. Depois disseram:

– Vamos colocar os dois pedaços num saco, depois pegar um de cada vez e atirá-los longe, sem olhar. O que cair mais longe nos dirá o nome do vencedor.

Mas, antes, entoaram salmos e leram versículos dos livros sagrados. E a metade do caniço que tinha o nome de Gengis Khan caiu além da outra, como todos os presentes puderam ver, deixando-o muito contente: Gengis seria o vitorioso!

26. *A batalha*

Dois dias depois, quando os exércitos já estavam bem descansados, teve início uma longa e feroz batalha, com perdas enormes para ambas as partes. Mas Gengis venceu: Preste João morreu e suas terras passaram para os domínios tártaros. Durante 24 anos, Gengis governou com sabedoria e coragem, anexando ao seu império muitas províncias e castelos. Mas um dia, ferido por uma flechada no joelho, durante uma campanha, acabou morrendo. Foi uma grande perda para seu povo.

27. *Como vivem os tártaros*

Desde a morte do primeiro Khan até o momento em que lhes narro minhas viagens, seis khans sucederam a Gengis no trono. O sexto, Kublai Khan, é o mais poderoso: mesmo somadas todas as conquistas dos imperadores anteriores, elas nunca perfariam a extensão de seus domínios e riquezas. E mesmo que todos os senhores do mundo, cristãos e muçulmanos, se reunissem, não teriam tanto poder quanto Kublai, o Khan que reina atualmente.

Quando os khans e os grandes senhores de sua linhagem morrem, são enterrados perto de uma montanha chamada Altai. Durante o cortejo fúnebre, todos os homens encontrados no caminho são mortos, para servirem a seu senhor no outro mundo. Quando o antecessor de Kublai morreu, foram sacrificadas mais de 20 000 pessoas.

Já que estamos falando mais particularmente dos tártaros, vou contar-lhes outras coisas sobre eles. Durante o inverno, permanecem nas planícies, onde há muito pasto para os animais. No verão, buscam lugares mais frios, nas montanhas e nos vales, onde não há insetos e a água e as pastagens são abundantes. Moram em pequenas casas em forma de tenda, erguidas sobre armações de varas recobertas de couro. Essas tendas são montadas e desmontadas com grande facilidade, podendo assim ser carregadas para onde o clima for melhor. Mas, uma vez montadas, as portas ficam sempre voltadas para o sul.

Os tártaros usam carroças cobertas de couro preto, que as protege das chuvas. São puxadas por bois ou camelos e nelas viajam mulheres e crianças. As mulheres, aliás, é que compram, vendem e fazem inúmeras outras tarefas, porque os homens só se ocupam da caça e dos combates. Alimentam-se de carne, leite e frutas. Por nada no mundo um tártaro tocaria a mulher de outro: seria uma ofensa gravíssima. As mulheres são fiéis e zelam pela honra dos maridos, que podem ter tantas esposas quantas puderem sustentar; mas a primeira é sempre considerada a melhor. Ao casar-se, o homem dá um dote à mãe da esposa, mas esta nada oferece ao marido. Como os tártaros possuem muitas mulheres, eles têm mais filhos do que os outros povos.

28. *Religião e costumes dos tártaros*

Seu deus chama-se Natigai. Dizem que protege as famílias, os animais e os cereais. É honrado e reverenciado em cada casa. Fazem imagens de pano desse deus, de sua mulher e seu filho e as guardam numa caixa especial. Na hora das refeições, recomendam-se a Natigai, oferecendo alimentos a ele e à sua família. Só depois é que comem e bebem com fartura, inclusive uma gostosa bebida feita de leite de égua, chamada *quemis*, preparada como se fosse vinho branco.

Os tártaros ricos usam roupas de seda com fios de ouro, peles de zibelina, arminho ou raposa – animais comuns naquela região. Seus arreios são muito valiosos. Como armas, usam arcos, espadas e maças, mas se destacam no manejo do arco. Suas armaduras são de pele de búfalo ou de outro couro resistente.

Valentes e fortes, estão acostumados a uma vida dura e de pouco conforto, suportando muito bem o cansaço. São muito dedicados a seu soberano: se for preciso, passam uma noite inteira cavalgando – e até seus cavalos pastam sem precisar parar por muito tempo.

Todas essas qualidades fazem dos tártaros um povo muito apto para grandes conquistas. Sua organização militar é perfeita: cada dez homens têm um chefe, cada dez chefes têm outro e assim por diante. Cada homem responde a seu próprio chefe. Quando avançam, um grupo vai sempre na frente para avaliar o território. Se vão longe, levam um odre de couro cheio de leite e uma vasilha para cozinhar carne, além de uma pequena tenda para proteger-se da chuva. Se houver necessidade, alimentam-se do sangue de seus próprios cavalos, fazendo um corte numa de suas veias, onde põem a boca para bebê-lo. Conseguem vencer inúmeras batalhas simulando fugas: quando o inimigo imagina que eles estão batendo em retirada, os tártaros fazem seus cavalos voltarem atrás com extrema agilidade e os atiram contra o adversário, surpreendendo-o e matando-o.

Tudo o que acabei de dizer refere-se aos tártaros verdadeiros, de tradição mais antiga; os do Ocidente (povos conquistados nas imediações do rio Volga) são idólatras e não seguem fielmente sua lei; já os do Oriente imitam os muçulmanos.

A justiça dos tártaros é simples: se alguém rouba algo de pouco valor, recebe algumas bastonadas – 7, 17, 27, e assim por diante, até 107, conforme a gravidade do crime. Mas, quando algo de valor é roubado, como por exemplo um cavalo, o ladrão é cortado ao meio com uma espada – a não ser que possa pagar nove vezes o valor do objeto roubado. Os pequenos animais costumam ser muito bem guardados; os grandes são marcados e vivem soltos.

Vou contar-lhes outro interessante costume dos tártaros: a celebração de casamento entre jovens mortos! Um pai cujo filho morreu criança ou jovem fica esperando a época em que esse filho deveria casar-se. Procura então a família de uma moça que também tenha falecido e contrata o matrimônio com os pais dela. Combinam a data, convidam os amigos, celebram a festa, tornam-se enfim parentes. Desenham depois em papéis todos os presentes que os noivos receberiam e queimam tudo, para que a fumaça atinja seus espíritos onde estiverem.

Falei muito sobre o povo tártaro. Agora quero falar sobre a grande planície onde viviam os tártaros antes de estabelecerem seu império.

29. *Barguzin e Erginul*

Partindo-se de Karakorum e viajando-se uns 40 dias rumo ao norte, atravessa-se o território de Barguzin, um frio e vasto planalto, banhado pelo lago Baikal e habitado por súditos do Grande Khan. Nas montanhas próximas a Barguzin fazem seus ninhos vários tipos de pássaros exóticos, como os falcões, as perdizes da neve – uma espécie de galo selvagem – e outros. É uma região localizada tão ao norte que até a estrela polar parece ficar mais ao sul.

Já que falei no lago Baikal, vou contar coisas muito interessantes que vi numa cidade próxima a outro lago, o lago Koko Nor. A cidade chama-se Erginul e fica na província de Tangut. Para chegar a essa região, também pertencente ao Grande Khan, são necessários cinco dias de viagem por uma região cheia de "vozes do deserto", que falam nos ares durante a noite, confundindo os viajantes.

Em Erginul, há bois selvagens enormes, muito bonitos e peludos, alguns brancos, outros pretos. Os pelos desses animais – denominados iaques – chegam a ter três palmos de comprimento. Muitos deles foram domesticados e são usados para puxar cargas pesadas e para o trabalho agrícola, tendo o dobro da força dos outros bois. Nessa região existem também faisões com o dobro do tamanho dos nossos, parecendo pavões. A cidade produz ainda o melhor almíscar do mundo, retirado de uma bolsinha que fica junto do umbigo de um animal muito bonito, do tamanho de um gato, com pescoço de gazela, mas com o pelo grosso como o do cervo. O almíscar é um perfume muito agradável.

O povo vive do comércio e do artesanato. Os homens são gordos, com nariz pequeno e cabelos negros; usam uma pequena barba na ponta do queixo. As mulheres não têm cabelos, nem pelos, a não ser um tufo no alto da cabeça; possuem pele muito branca e são benfeitas de corpo. Os homens escolhem suas esposas fundamentalmente pela beleza.

30. *A província de Tenduk*

É uma província situada bem a leste, com muitas cidades e aldeias, todas pertencentes ao Grande Khan, mas habitadas pelos descendentes de Preste João. O rei da província, também parente dele, é casado com uma das filhas do Grande Khan. A província vive de suas pedras, como o lápis-lazúli, de ótima qualidade, e da fabricação de tecidos, feitos de pelo de camelo. Tenduk era a sede principal dos domínios de Preste João, quando este ainda dominava os tártaros. Hoje é habitada por cristãos, idólatras tártaros e adoradores de Maomé. Vivem todos do artesanato e do comércio de tecidos dourados. Há ainda na região uma cidade, Sindachu, onde se fabrica tudo o que é necessário para equipar um exército.

Partindo-se daí e caminhando-se três dias, chega-se a outra cidade, Changanor, onde há um enorme palácio do Grande Khan. Dizem que ele gosta muito de ficar nesse lugar, pois lá há diversos rios e lagos cheios de cisnes, além de uma belíssima planície, com grande variedade de outras lindas aves: garças de vários tipos, faisões, perdizes e outros pássaros. Changanor é o ponto mais ao norte, perto da Grande Muralha da China.

31. *A cidade de Chandu*

Cavalgando-se mais três dias, chega-se a Chandu, também chamada Klemenfu ou Xanadu, cidade construída por Kublai, o atual Grande Khan. Existe nessa cidade um palácio todo de mármore, com salas e quartos dourados. É uma verdadeira maravilha. Em volta dele há um muro de 15 milhas de extensão, que cerca um jardim com prados, rios e fontes. O Grande Khan gosta de cavalgar por aí, treinando seus falcões para a caça, com a ajuda de um leopardo que vai na garupa de seu cavalo.

No meio do jardim, Kublai mandou erguer um pavilhão de bambu, impermeabilizado com verniz, de modo que a água não entra no seu interior. É todo decorado com animais e pássaros de ouro. Sustentado por mais de 200 cordas de seda, foi projetado com tal precisão que pode ser desmanchado e refeito quantas vezes se desejar. Nos meses de verão, o Khan gosta de estar aí, porque é mais fresco.

Mas, todo ano, a 28 de agosto, ele vai embora, sendo o pavilhão desmontado. Essa data tem um significado especial: o Khan possui uma criação de cavalos e éguas, de pelo branco como a neve, cujo leite só pode ser bebido por quem seja da família imperial; quando esses animais pastam, ninguém, nem mesmo um nobre, pode passar perto deles, para não perturbá-los. E os astrônomos disseram ao Grande Khan que, todo ano, a 28 de agosto, deve-se jogar esse leite na terra, para que os espíritos sagrados o bebam e protejam sua família, seus pássaros e todas as suas propriedades. Assim, ao terminar essa cerimônia, o Khan parte.

Os astrônomos e magos tártaros parecem muito sábios. Quando o soberano está nesse palácio de verão e cai um temporal, eles fazem com que o mau tempo não o atinja. E, quando o Grande Khan janta na sala principal, os magos usam seus encantamentos para que os copos de vinho, leite e outras bebidas cheguem do outro lado da mesa, junto do soberano, sem tocá-los. Pelo menos 10 000 pessoas já puderam constatar isso.

Por ocasião das festas sagradas, o povo pede ao imperador alguns carneiros e muita madeira de aloé. Fazem então imensas fogueiras, onde assam os animais. Depois, os assados acompanhados de vários molhos, são colocados diante das imagens dos deuses, para que "comam" o que quiserem. Essas festas são muito frequentes e realizam-se nos vários templos do reino. São sempre cheias de cantos e luzes.

Há também entre os tártaros uma seita religiosa cujos membros levam uma vida duríssima: só comem casca de trigo e fazem jejum quase o ano inteiro. Idolatram inúmeros deuses, todos com nomes femininos, passam muito tempo rezando e adoram o fogo.

MAPA DAS ROTAS DOS IRMÃOS POLO (12

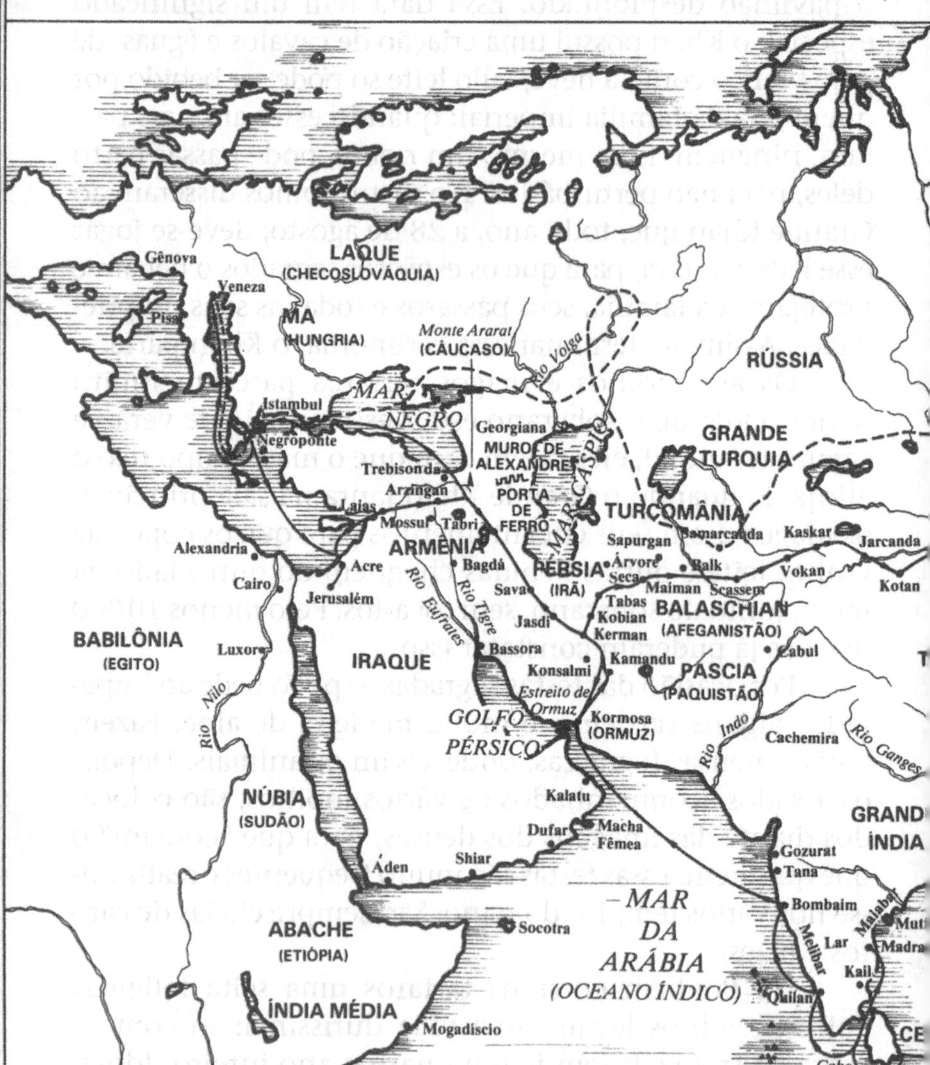

- - - - - - - - ROTA DOS IRMÃOS POLO

Segundo livro

O Grande Khan e seus domínios

32. *O reinado de Kublai Khan*

Quero agora falar dos muitos feitos de Kublai Khan, cujo nome significa "rei dos reis". Realmente, esse nome é bastante adequado para ele, pois nunca houve outro imperador mais poderoso. Descendente direto de Gengis Khan, tem, portanto, o direito de ser o senhor de todos os tártaros. Seu reinado começou há 42 anos. Agora ele deve ter quase 85 anos de idade, mas ainda é considerado um ótimo cavaleiro. Antes de ser rei, participou de diversas batalhas, com grande bravura. Mas, depois de ocupar o trono, Kublai só foi à guerra uma vez, em 1286.

Nessa época, um jovem chamado Naian, bisneto de um irmão de Gengis Khan, tinha recebido muitas terras do Grande Khan. Aos 30 anos, achando-se poderoso, decidiu não mais ser súdito do imperador e quis arrebatar de Kublai seu poder e seus domínios. Propôs então a Kaidu, um ambicioso sobrinho do Khan, um ataque em conjunto, para que o derrotassem mais facilmente. Reuniram assim muitos cavaleiros e soldados para combater o Grande Khan.

Quando Kublai soube da cilada que lhe preparavam, teve uma surpreendente reação: declarou que não mais reinaria se não conseguisse matar os dois traidores. Em segredo, sem que ninguém soubesse, a não ser seus conselheiros, equipou um exército em apenas 22 dias, com 360000 cavaleiros e 100000 soldados. Eram poucos, se comparados a todo o seu exército. Porém, pretendendo que tudo ficasse em sigilo, o Khan reuniu apenas os homens de sua confiança. Chamou então os astrólogos, os quais lhe disseram que ele venceria a batalha, e partiu com seus homens por estradas secretas, para que ninguém os visse. Em 20 dias chegou à planície onde estava Naian com seus 460 000 cavaleiros, sem saber que estava prestes a ser atacado: por isso mesmo, seu acampamento não tinha guardas.

33. Começa a batalha

Antes de o dia amanhecer, enquanto Naian ainda dormia, o Grande Khan começou a avançar com uma torre fortificada, sustentada por quatro elefantes. No alto da torre tremulavam suas bandeiras, que podiam ser vistas de longe. Kublai Khan distribuiu seus homens em volta do acampamento e foi se aproximando. Quando Naia, o avistou, pressentiu que estava perdido; mas, para não desapontar seus soldados, ordenou que se pusessem em posição de combate, empunhando sua bandeira com a cruz de Cristo, pois era cristão batizado. Os exércitos esperavam apenas que soassem os grandes tambores, os quais, segundo o costume tártaro, marcariam o início da batalha. Enquanto aguardavam, cantavam e tocavam vários instrumentos. Quando os tambores rufaram, iniciou-se a luta com espadas e lanças. Foi uma batalha cruel, na qual morreu muita gente. Venceu-a o Grande Khan. Naian foi preso e seus barões renderam-se.

34. Como Naian morreu

Para que não fossem ouvidos os gritos de pavor de um nobre diante da morte, o Grande Khan mandou que Naian fosse enrolado num tapete e sacudido de um lado para outro até morrer. Uma vez terminada a batalha e morto seu chefe, os seguidores de Naian juraram fidelidade ao Khan.

Mais tarde, alguns muçulmanos que faziam parte do exército de Kublai começaram a zombar da cruz de Naian, perguntando aos cristãos:

– Viram como a cruz de seu deus não ajudou Naian e seus homens?

Quando soube disso, o Khan irritou-se com aqueles que ofendiam os cristãos, pois Kublai respeitava todas as religiões. Mandou então chamar os ex-soldados de Naian e lhes disse:

– Se seu deus não ajudou Naian, teve toda a razão. Deus é bom e só faz aquilo que é justo. Naian era um traidor, um homem falso... Teve o que merecia!

Os cristãos reconheceram que aquilo era verdade: a cruz simbolizava o bem.

35. Como o Grande Khan voltou a Kambaluc

Terminada a batalha, o Grande Khan voltou a Pequim – denominada Kambaluc pelos tártaros e que era a capital de todo o seu reino – em meio a muitas festas e grande alegria. Seu sobrinho, Kaidu, após a derrota, ficou com tanto medo que desistiu de se opor a Kublai. Essa foi a única vez em que o Grande Khan lutou numa guerra depois de ter-se tornado rei. Em outras ocasiões, sempre mandava seus filhos ou seus ministros para chefiar as batalhas.

Ao chegar a Kambaluc – que quer dizer "cidade real", em mongol –, Kublai recompensou muito bem os membros de sua corte que haviam participado da batalha: deu-lhes dinheiro, objetos de prata e placas de ouro, com recomendações para que fossem sempre valentes e honrados.

36. A vida do Grande Khan

O grande rei dos reis, como é chamado Kublai Khan, é um homem de estatura mediana e boa compleição física, com pele clara, faces rosadas, olhos negros e bonitos, nariz bem proporcionado. Tem quatro mulheres legítimas. O mais velho de seus filhos será o soberano quando ele morrer. Cada uma das mulheres tem sua própria corte, com mais de 1000 pessoas. Além das esposas, a cada três dias um grupo de seis donzelas, selecionadas entre as mais bonitas, vem servi-lo em tudo o que precisar.

Das quatro esposas o Grande Khan tem 22 filhos. Como o mais velho morreu, o herdeiro passou a ser o segundo, Temur, um homem sábio e corajoso.

Além desses, o Grande Khan tem ainda 25 outros filhos com as concubinas: cada um deles tem o título de barão. Dos filhos com as esposas, sete são soberanos de enormes reinos e sabem governar muito bem seus territórios.

37. O palácio de Kublai Khan

Kublai Khan mora na capital, Kambaluc, durante seis meses por ano, do princípio do outono ao final do inverno. Seu palácio é muito grande; ocupa uma vasta área, cercada por um longo muro que forma um quadrado com uma milha de lado. Nos quatro cantos internos do muro há edifícios; e, no meio de cada um dos lados, há outras construções. São ao todo oito edifícios, onde se guardam armas, arreios e tudo o que um exército necessita para a guerra. Além da muralha externa há uma outra, menor, construída do mesmo modo. Protegido pelas duas muralhas está o palácio do Grande Khan, o maior que já se viu. Parece muito alto, vendo-se seu telhado sempre em destaque, pois foi construído num terreno dez palmos mais alto do que a área em que se localiza.

As paredes das salas e dos quartos são todas decoradas em ouro e prata. A sala é tão grande que nela se poderia dar um banquete para seis mil pessoas. O número de quartos é incontável. A parte externa do palácio é vermelha, amarela e verde, tornando-se, com a luz do sol, de mil cores. Brilha tanto que parece cristal, podendo ser vista de longe.

Entre o muro exterior e o interior, há prados, jardins e alguns animais selvagens: cervos brancos, cabritos, gazelas, esquilos, antílopes. Há também um sistema interno de rios e lagos, cheios de peixes, cisnes e aves aquáticas, construído de modo que nunca possa transbordar, sempre escoando água para irrigar os jardins e os campos.

Na direção norte, à distância do arremesso de uma flecha, há um monte coberto de árvores que nunca perdem as folhas e estão sempre verdes, mesmo no inverno. Nesse monte, do qual se extrai o lápis-lazúli, os caminhos são cobertos de terra esverdeada: por isso o lugar chama-se Monte Verde. No alto desse monte há um palácio maravilhoso: sente-se prazer só de olhar para ele. Foi construído para que lá de cima se possa apreciar a vista. Ao lado desse palácio há um outro igual, construído para o filho mais velho do Grande Khan, Temur, que reinará depois dele. O palácio já possui as insígnias reais e o selo do império, mas Temur não pode exercer sua autoridade enquanto seu pai viver.

38. *A grande cidade de Kambaluc*

Como já disse, é a cidade onde se encontra a corte de Kublai Khan. Na verdade há duas Kambaluc: a nova e a velha. Quando o Grande Khan soube, pelos astrólogos, que um dia o povo de Kambaluc se rebelaria, trazendo muitos aborrecimentos ao império, mandou construir outra cidade, na margem oposta do rio – a nova Kambaluc –, onde estão todos os palácios de que já falei. Ordenou então que os habitantes da velha cidade se mudassem para a nova, à qual deu o nome de Taidu. Esta é toda cercada por uma muralha, muito larga embaixo e mais estreita em cima. A muralha forma um imenso quadrado perfeito, com 12 portas; sobre cada uma dessas portas há um palácio. Além disso, nos quatro lados há construções para os guardas e cada porta é vigiada por 1000 homens.

A cidade é toda construída em ângulos retos, de tal modo que de uma porta se pode ver a outra, bem em frente, pelas avenidas.

No meio da cidade há um palácio com um grande sino, que à noite toca três vezes. Depois desses toques, ninguém mais pode sair de casa, a não ser as parteiras e os médicos que necessitem socorrer alguém – e, nesse caso, devem levar lanternas, para serem facilmente identificados.

Quando Kublai convida a corte para um banquete, as mesas são dispostas de tal maneira que seus parentes fiquem mais próximos dele. A mesa imperial é sempre a mais alta de todas: dela, o Grande Klan pode ver todos os convidados. Na sala há uma imensa taça de ouro, cheia do melhor vinho, entre duas outras menores, que contém diferentes bebidas. Cada convidado tem um valioso copo de ouro, com asa.

Quem se ocupa da despensa do Grande Khan são os barões, que cobrem a boca e o nariz com panos de seda, para que seu hálito não contamine os alimentos do soberano. Quando ele vai beber, todos os instrumentos musicais que há na sala são tocados ao mesmo tempo. Então, os súditos se ajoelham, enquanto ele segura o copo. Isso acontece todas as vezes em que ele bebe. Das comidas nem vou falar, porque ninguém acreditaria em tanta fartura. Quando todos acabam de comer, entram os jograis e acrobatas, para divertirem o imperador e seus convidados.

39. O aniversário do Grande Khan

No dia de seu aniversário, 28 de setembro, o Grande Khan veste-se de ouro. Da mesma forma, ou seja, com tecidos do mesmo tipo, embora não tão preciosos, vestem-se os 12 000 barões e cavaleiros. Todas essas roupas, recobertas de pérolas e pedras preciosas, são oferecidas a esses nobres pelo próprio Kublai. O imperador recebe, nesse dia, muitos presentes e homenagens de todos os tártaros do mundo, de acordo com a estirpe de cada um.

40. *A festa branca*

Outra festa muito importante acontece no primeiro dia de fevereiro, que para os tártaros é o primeiro dia do ano. O Grande Khan veste-se de branco, assim como todo o seu séquito, para terem sorte durante o ano inteiro. Também para essa festa os *kesitans* – os 12 000 barões mais próximos e fiéis – recebem roupas especiais do imperador. São trajes belíssimos, bordados com pedras preciosas e cintos de ouro.

Nesse dia, o imperador recebe presentes valiosos: terras, cavalos brancos, elefantes cobertos de seda e ouro e outros animais apresentados em belíssimo desfile. Seus súditos creem que, ofertando-lhe algo, garantirão para si fartura e alegria o ano inteiro. Na manhã desse dia, todos os reis, duques, marqueses, condes, barões, cavaleiros, astrônomos, falconeiros (treinadores de falcões) e altos funcionários reúnem-se na sala principal do palácio do Grande Khan e, a um sinal do sacerdote, inclinam-se para adorá-lo, encostando quatro vezes a testa no chão. Depois, queimam incenso e trazem suas oferendas.

Durante a cerimônia, soltam um enorme leão diante do soberano, sem corrente alguma que o prenda, e o animal dá sinais de submissão ao Grande Khan, reconhecendo-o como seu senhor... É espantoso! Parece um milagre...

41. *As caçadas do Grande Khan*

A partir de janeiro, quando o soberano já está na província de Catai, toda a população, à distância de 70 dias de viagem, tem ordem para caçar cervos e enviá-los ao palácio.

O Grande Khan tem muitos leopardos, treinados para caçar bichos menores, bem como lobos amestrados para perseguir cervos. Possui também leões enormes, maiores do que os da Babilônia, listrados de preto, vermelho e branco, treinados para pegar porcos selvagens, cabritos, ursos e outros animais. Além disso, o imperador tem um grande número de águias, com as quais pega raposas, lobos e antílopes. Possui ainda muitos cães de caça de ótima raça. Quando Kublai sai para caçar com seus barões, não há animal selvagem que não consigam apanhar.

No fim do inverno, em março, o Grande Khan parte para a caça no sul. Leva consigo mais de 10 000 adestradores de falcões e grande número de aves de caça. Não vão todos juntos, mas em pequenos grupos. E, quando os falcões abatem um pássaro, há sempre alguém encarregado de recolhê-lo.

Agora vou contar outra coisa curiosa: todo falcão tem uma placa de prata com o nome de seu dono, a quem é entregue quando se perde e é encontrado. Se ninguém conhecer a pessoa, o pássaro é levado ao *bularguzi*, que significa "guardião de coisas perdidas", que se incumbe da guarda da ave até que seu dono seja encontrado. Assim, qualquer pessoa que perca alguma coisa, procura por esse barão, instalado numa casa situada no lugar mais alto do campo, para ser visto de longe.

Nessa viagem ao sul, o Grande Khan assiste a muitas cenas de caça das janelas de sua tenda, carregada por quatro elefantes, revestida internamente por tecidos dourados e coberta por fora com peles de leão. Com ele, dentro da tenda, ficam 12 de seus melhores falconeiros e alguns barões, para lhe fazer companhia. Se, durante o percurso, o imperador quer caçar, ele manda abrir a tenda e caça lá de dentro mesmo soltando seus falcões.

Após percorrer uma longa estrada, Kublai ordena que a comitiva pare num certo local, onde são armados sua tenda e os pavilhões de caça, belíssimos e muito espaçosos. Até os animais que fazem parte do cortejo têm tendas para protegê-los. Ficam então acampados até o começo do verão. Depois, de junho a dezembro, em todo o império do Grande Khan, ninguém, por mais importante que seja, tem permissão para caçar animal algum, a fim de que as espécies possam reproduzir-se.

42. A corte do Grande Khan

Quando volta a Kambaluc, o imperador fica em seu antigo palácio apenas por uns três dias. Logo vai para a cidade que mandou construir, onde recebe muita gente, promove banquetes, festas e se diverte alegremente com suas mulheres. É impressionante a solenidade com que todos celebram a volta de Kublai. Há sempre muita gente, porque junto de cada porta há um burgo e cada um desses 12 burgos possui uma população maior que a do palácio. Aí vivem os comerciantes, mercadores e todos os que vêm fazer negócios.

Em Kambaluc encontram-se os objetos mais caros e preciosos que existem, vindos da Índia, de Catai e de todas as outras províncias. As riquezas concentram-se nessa cidade porque é aí que vivem o imperador e sua corte. Mas, como já expliquei, o Khan viaja boa parte do ano. Passa a primavera caçando, numa região ao sul, próxima do mar; durante o verão (junho, julho e agosto), vai para o palácio de mármore, por ele construído em Chandu. Em setembro, mês do seu aniversário, volta a Kambaluc, onde permanece até o fim do inverno. E assim o imperador divide o ano.

43. O dinheiro de papel

Em Kambaluc são realizados todos os negócios do império. Diariamente, chegam mais de 1 000 carretas, que trazem seda e outros tecidos preciosos. De muito longe vem gente para fazer compras na capital.

É também em Kambaluc que se faz o dinheiro do império do Grande Khan. A maneira como é fabricado mostra como os tártaros dominam bem a alquimia: da casca do tronco da amoreira (cujas folhas alimentam o bicho-da-seda), extrai-se uma pele fina e escura, que fica entre a cortiça e o tronco, e dela fazem uma pasta. De boa resistência, a folha obtida por esse processo é cortada em tamanhos variados. Todas elas levam o selo do Grande Khan e constituem a moeda do reino. Tudo é pago com essa moeda. Ninguém pode recusá-la, sob pena de morte. Assim, todos os povos que habitam os domínios de Kublai e são seus vassalos pagam com essas folhas qualquer mercadoria. Esse papel pesa muito menos do que o dinheiro de metal, mas vale tanto quanto as moedas. Às vezes, os mercadores trazem muito ouro e prata ao imperador, que lhes paga com aquelas folhas. Mas todos as aceitam, porque com elas podem comprar o que quiserem em todo o seu império. Outras vezes, o Khan manda anunciar que quem tiver ouro, prata ou pedras preciosas deve ir à Casa do Dinheiro, trocar essas riquezas por aqueles papéis. Os tesouros que ele consegue juntar dessa maneira são incalculáveis. Quando o dinheiro se rasga ou se gasta, basta ir à Casa do Dinheiro e trocá-lo. E quando alguém precisa de ouro ou prata para fazer um objeto, vai a essa casa e compra todo o metal necessário, pagando com essas folhas. Por isso é que o Grande Khan tem mais ouro e prata do que todos os senhores do mundo reunidos.

44. Os 12 barões que administram os negócios

O Grande Khan está cercado por 12 barões que administram as 34 províncias do reino dos tártaros. Moram num espaçoso e bonito palácio em Kambaluc, cheio de salas e quartos.

Para cada província há um juiz e um escrivão que cumprem as ordens dos 12 barões, todos morando nesse mesmo palácio. Os barões escolhem os governantes de cada província e Kublai os confirma com seu selo e suas placas de ouro, de acordo com o cargo que cada um ocupa. Os barões também decidem para onde devem ir os exércitos, quais as medidas a serem adotadas em cada província e vários outros negócios importantes. São chamados de "corte maior" do Grande Khan e podem prestar favores a quem desejarem.

45. De Kambaluc para as províncias

O imperador considera de muita importância a comunicação rápida entre as províncias do reino e a sua capital. Assim, de Kambaluc partem muitas estradas para as mais diversas regiões. Qualquer que seja o caminho tomado, 25 milhas depois os mensageiros encontram um posto de descanso e troca de animais. É sempre um edifício grande e bonito, onde podem deitar-se em camas com lençóis de seda! Esses postos são tão bem equipados que poderiam servir a um rei. Mas existem somente nas estradas principais. Quando se vai a lugares mais longínquos e pouco habitados, as pousadas ficam a cada 35 ou 40 milhas. Mas, de qualquer modo, os embaixadores, arautos e correios do Grande Khan podem sempre atravessar seu império trocando de cavalo todos os dias e encontrando roupa limpa, repouso e alimento. Para esse fim, mais de 200 000 cavalos e 10 000 palácios mobiliados são permanentemente reservados.

Já ia me esquecendo de dizer que, entre um posto e outro, a cada três milhas, há uma aldeia com umas 40 casas. Todos os homens que vivem nessas aldeias são "mensageiros a pé" do Grande Khan: usam um cinto largo, com uns sininhos pendurados, que se ouvem a distância quando estão correndo. Cada mensageiro corre apenas três milhas, até a aldeia seguinte. Muito antes de sua chegada, um outro mensageiro, ouvindo os sinos, já fica preparado. Assim que o primeiro aparece, o outro corre ao seu encontro, apanha a mensagem e sai correndo em direção à aldeia seguinte. Desse modo, em 24 horas, o imperador recebe notícias de lugares distantes uns dez dias.

Os "mensageiros montados" não pagam impostos e recebem cavalos e arreios de graça. Quando a notícia é urgente, eles levam uma placa de ouro com um falcão: é o sinal para que todos os deixem passar. Para serem reconhecidos de longe, usam uma faixa na testa e outra no corpo. Esses mensageiros costumam andar aos pares, trocando de cavalo em cada posto. Conseguem, desse modo, cobrir 250 ou 300 milhas num só dia!

46. *Como o Grande Khan ajuda seus súditos nas más colheitas*

Através dos seus mensageiros, o Khan mantém-se muito bem informado. Assim, quando uma praga, o mau tempo ou outro flagelo qualquer destrói a colheita de alguma população de seu império, Kublai não recolhe o tributo naquela região. Ao contrário, manda distribuir cereais ao povo atingido, para que tenham o que comer e plantar. Também durante o inverno, se em certa região morrerem de frio muitos animais de um determinado rebanho, o Grande Khan faz o mesmo. São, sem dúvida, gestos generosos e sábios da parte de um imperador.

Outra de suas generosidades é ter mandado plantar, ao longo de todas as estradas principais do reino, uma certa espécie de árvores, a dois passos de distância uma da outra, para que mercadores e mensageiros, guiando-se por elas, nunca se percam.

47. *O vinho e as pedras que ardem*

Quase todos os habitantes de Catai bebem um vinho feito de arroz e temperado com especiarias, melhor do que qualquer outro, límpido e claro, muito rico em calorias. Mas, se não houver controle da quantidade ingerida, ele pode embriagar mais do que o vinho comum.

Em toda a província de Catai há também um tipo de pedra negra, extraída das montanhas como os minerais, que arde como madeira, mas queima por muito mais tempo do que qualquer lenha. Se forem postas na lareira ao entardecer, essas pedras queimam durante toda a noite, economizando muita madeira. Chamam a esse tipo de pedra "carvão mineral".

48. *Cereais e caridade*

Quando as colheitas são muito abundantes, o Grande Khan manda guardar os cereais de maneira que não se estraguem. Depois quando os preços sobem, mesmo que já tenham se passado três ou quatro anos, ele manda distribuir o alimento a um terço ou um quarto do preço. Por isso, os grãos nunca ficam muito caros.

A todas as famílias pobres de Kambaluc, com mais de seis pessoas e que não têm o que comer, Kublai manda distribuir trigo e outros cereais. E nunca recusa o pão do palácio a quem venha pedi-lo... geralmente mais de 30 000 pessoas por dia...

49. *A província de Catai*

Vou contar agora tudo o que vi no caminho, quando o Grande Khan me enviou como embaixador para o oeste.

Saindo de Kambaluc, a umas dez milhas há um grande rio, o Pulisangan, no qual navegam mercadores com todo tipo de produtos. Sobre o rio há uma belíssima ponte de pedra, com pilastras de mármore, enfeitada com estátuas de leões. Por ela podem passar mais de dez cavaleiros ao mesmo tempo.

Umas 30 milhas depois da ponte, fica a cidade de Gouza, com suas belas casas, estalagens, árvores e trepadeiras. Seus habitantes vivem do comércio e do artesanato de tecidos transparentes de seda – as chamadas *gazes*, termo derivado do nome da cidade.

Todas as estradas que levam a Catai são cheias de cidades e de aldeias prósperas, belos vinhedos e povos muito amáveis.

Cavalgando-se dez dias a partir de Gouza, chega-se a um reino chamado Tainfu, em cuja capital, Tauian, um rico entreposto comercial, se fabricam bons arreios. É um lugar onde se bebe ótimo vinho e se faz muita seda.

50. *A história de Taigin e seu rei*

Prosseguindo-se a viagem durante nove dias para o oeste, através de um campo com muitas cidades e aldeias de bom comércio, encontra-se uma vila fortificada, de nome Taigin, construída por um antigo rei, chamado Rei de Ouro, nas proximidades da cidade de Kachanfu.

As fortificações já existiam nos tempos de Preste João, para que o Rei de Ouro não fosse por ele atacado. E, realmente, o príncipe cristão jamais conseguiu vencê-lo, o que o deixava muito irritado. Um dia, sete dos seus criados propuseram-se a capturá-lo. Preste João, que sonhava com essa possibilidade, permitiu que os criados saíssem e fossem até a corte do Rei de Ouro, onde lhes disseram:

– Somos estrangeiros, nos desentendemos com nosso senhor e viemos para servi-lo.

Assim, os sete homens de Preste João puseram-se a serviço do Rei de Ouro, que os considerava como filhos. Ao fim de dois anos, num dia em que o rei passeava por um prado, longe do palácio, sem ninguém para defendê-

-lo, os sete o ameaçaram com suas espadas, dizendo que o matariam se ele não os acompanhasse.
– Que é isso, meus filhos? – espantou-se o rei. – Por que estão fazendo isso? Aonde querem que eu vá?
– Vamos levá-lo a Preste João, que é nosso soberano.
O Rei de Ouro ficou desapontado. Disse então:
– Meus filhos, será que não lhes dei honrarias suficientes? Por que desejam me entregar nas mãos de meu inimigo?
– Porque tem de ser assim – foi a resposta.
E levaram o Rei de Ouro para o palácio de Preste João. O príncipe mandou então que ele ficasse cuidando dos animais na estrebaria, sempre bem vigiado.
Três anos depois, Preste João mandou que vestissem o rei com roupas preciosas e o trouxessem à sua presença. Tratando-o com grandes honras, disse-lhe:
– Senhor rei, percebeu agora que não adianta querer fazer guerra contra mim? Pois não quero mais aborrecê-lo. De hoje em diante vou respeitá-lo.
Mandou então preparar ao Rei de Ouro um belo cortejo que o acompanhou de volta à sua terra. A partir de então, tornaram-se grandes amigos e aliados.

51. *Kachanfu, Konkun e Sindufu*

Pouco adiante da fortaleza de Taigin encontra-se o grande rio Karamoran, um dos maiores da Terra. É tão largo que não pode ser cruzado por uma ponte. Atravessa um território rico em lavouras, várias cidades onde moram artesãos e comerciantes e bosques com pássaros maravilhosos.
Chega-se então a Kachanfu, a grande e bela capital de um reino muito rico em caça. Já foi outrora um reino livre, próspero e poderoso. Hoje faz parte dos domínios do Khan e é governado por um de seus filhos.

Tudo o que um homem precisa para viver bem é encontrado nessa cidade, e a muito bom preço. Um pouco afastado do centro de Kachanfu está o palácio de seu rei, Mangalai. Fica numa planície, junto a um rio, um lago e várias fontes. É um palácio muito bonito, com várias salas e quartos pintados a ouro.

Viajando-se mais três dias por essa planície, numa região rica e bem povoada, chega-se à província de Konkun, uma zona montanhosa e cheia de bosques, onde há muita fartura de animais selvagens.

Cavalgando-se mais uns 20 dias por essas montanhas, encontra-se Sindufu, que no passado foi uma rica cidade, onde reinava um poderoso soberano. Quando morreu, esse rei deixou três filhos. Estes dividiram a cidade em três zonas e cada um circundou sua parte com um muro, por dentro das enormes muralhas externas de Sindufu. Chegaram a ficar muito fortes e poderosos, mas o Grande Khan conquistou os três reinos, tomando-lhes as terras.

Essa cidade é atravessada por um grande rio, tão largo que parece um mar, chamado Iangtsu. Por ele passa uma quantidade tão grande de embarcações, que é impossível de acreditar sem se ver. Todas carregam mercadorias preciosas. Bem no centro da cidade, o rio é cortado por uma ponte de pedra, com colunas de mármore que sustentam uma cobertura, cujo telhado é todo decorado com pinturas. E sobre essa ponte há uma porção de barracas de madeira, de comerciantes e artesãos, montadas de manhã e desmontadas à tarde. Ali ficam também os coletores de impostos do imperador, que cobram uma taxa de quem utiliza a ponte.

52. *A província do Tibete*

Seguindo viagem para sudoeste, passa-se pela província do Tibete, onde há bambus gigantescos. Os viajantes cortam esses bambus e à noite jogam-nos no fogo.

Quando queimam, dão uns estalos tão fortes que assustam os leões, ursos e outras feras, as quais fogem de medo e não voltam mais. Quem não estiver habituado também se surpreende, porque o barulho é terrível. Mas, como a região é cheia de feras, essa é a única maneira de evitar que alguma se aproxime do povoado. Os cavalos, quando estão acostumados, não se assustam com os estalos, mas, se não estiverem, precisam ser amarrados.

Nessa região notei hábitos muito diferentes dos nossos. Vou relatar alguns deles: ninguém tem coragem de se casar com uma virgem, porque lá as mulheres só têm valor se já tiverem tido muitos homens. Por isso, quando passam viajantes e mercadores, os pais correm com suas filhas para as estradas a oferecê-las. Depois, os viajantes devem dar à moça uma joia, para que ela possa guardá-la e mostrá-la futuramente a seus pretendentes. Quem tiver a maior coleção de joias encontrará mais rápido um bom marido, porque será considerada a melhor.

No Tibete, usa-se o almíscar como moeda. Também a língua falada pelos habitantes é diferente das de outras regiões. É uma província que possui muito ouro e um artesanato de coral bastante apreciado. Os astrólogos e mágicos do Tibete são os mais sábios do mundo. Mas nem vou contar seus encantamentos e suas artes diabólicas neste livro, porque os leitores iriam ficar espantados e nem acreditariam.

53. *A província de Kaindu*

Kaindu também fica a sudoeste de Kambaluc e possui muitas cidades e aldeias. Nas suas proximidades, há um lago com muitas pérolas, mas o Grande Khan não deixa que ninguém as retire, para que não fiquem comuns demais e percam o valor. Quem apanhar pérolas sem seu consentimento é condenado à morte.

Em Kaindu há também minas de turquesa, pedras belíssimas, que só podem ser exploradas com a permissão de Kublai. Outra grande riqueza dessa província são os vários temperos e especiarias que não existem em nossos países, tais como canela, cravo, gengibre e outros.

Quando um forasteiro chega a Kaindu, o habitante que o recebe entrega-lhe sua casa com todos os seus pertences e sai. Também sua mulher e suas filhas lá permanecem. O viajante pendura seu chapéu junto à janela e, enquanto o chapéu estiver ali, o dono da casa não pode voltar. É um costume que denota hospitalidade.

54. *Karagian*

O atual rei da província de Karagian é neto do Grande Khan. Rico e poderoso, sabe administrar muito bem a justiça.

A língua de Karagian é complicada, difícil de entender. O povo usa como moeda conchinhas brancas do mar. Alimentam-se em geral de carne crua, cortada em pedaços, com molho de alho. É uma região conhecida por seus ótimos cavalos.

Nos lagos, há muitas pepitas de ouro, que nessa província vale menos do que a prata. Nos mesmos lagos e também nos rios e fontes, nasce um monstro horrível, uma espécie de serpente enorme, chamada crocodilo. Possui uma cabeça imensa, que ostenta algo parecido com dois chifres; a boca é capaz de engolir um homem com facilidade; os dentes são compridos e apavorantes. Não há alguém que possa vê-los sem ter medo.

Vou descrever agora como são os crocodilos: passam o dia todo escondidos, por causa do calor, e à noite saem para comer. Quando andam, arrastam-se na areia, deixando uma vala funda. Os caçadores seguem então esse rastro e enfiam no chão um pedaço de pau forte, no qual espetam um ferro cortante como uma navalha. Quando o crocodilo volta, arrasta-se com tanta força em cima da arma escondida na areia, que se corta da cabeça até a barriga, morrendo imediatamente. No mesmo momento, os caçadores tiram-lhe o fel, que é um remédio muito eficaz contra mordidas de cães, e nos partos complicados das mulheres. Em seguida, separam a grossa pele da carne que, muito apreciada, logo é vendida. Esses animais são bastante perigosos: comem até filhotes de leões e ursos, quando conseguem chegar às suas tocas.

Antes de serem conquistados pelo Grande Khan, os habitantes de Karagian tinham o costume de matar os hóspedes mais bonitos ou mais inteligentes, para que o espírito do forasteiro ficasse morando em suas casas. Hoje, felizmente, já não fazem mais isso, com medo de que o imperador os castigue.

55. *Zardandan*

Em Zardandan – que em persa quer dizer "dentes de ouro" – os homens mandam cobrir os dentes com ouro. Quando nasce uma criança do sexo masculino, o marido fica 40 dias de cama com o filho, cuidando dele. Dizem que é uma justa obrigação, pois a mulher já o levou durante nove meses. Mas, curiosamente, ela é que vai cuidar da alimentação e das outras tarefas domésticas, enquanto ele fica na cama com a criança, cercado de amigos, em meio a grandes festas.

Também nessa província a prata vale cinco vezes mais do que o ouro. Por isso, há mercadores que ganham muito trazendo prata de longe para vender ou trocar.

Seus habitantes não têm ídolos nem igrejas, mas veneram o chefe da família e seus antepassados. Não possuem forma alguma de alfabeto ou escrita, talvez porque seja um território muito afastado. Também não há médicos: quando alguém fica doente, sua família chama o mago ou encantador, que canta e dança junto do enfermo até cair no chão, espumando pela boca. Perguntam-lhe então o que vai acontecer com o doente, e o "espírito", que está no corpo do mago, pode dar duas respostas: ou a pessoa vai mesmo morrer, ou é preciso fazer certos sacrifícios para que ela sare. Os parentes fazem então tudo o que manda o mago, até o doente ficar bom.

Saindo-se de Zardandan, passa-se por um grande declive onde nada há de interessante, a não ser uma enorme feira de ouro, prata e outros metais, realizada durante três dias da semana, numa pequena área da região. A partir daí, com mais uns 15 dias de cavalgada em direção ao sul, chega-se a Mien, uma província que faz fronteira com a Índia.

56. A província de Mien

A cidade principal dessa província chamada Mien (nome que os chineses dão à Birmânia) é grande e nobre. Antigamente, lá havia um rei muito rico. Ao morrer, esse monarca pediu que se construíssem duas torres, uma de ouro e outra de prata, para serem colocadas uma de cada lado do seu túmulo. As torres são feitas de pedra, recobertas por aqueles metais, e cheias de sininhos no alto, que tocam ao menor sopro do vento. É uma das coisas mais bonitas que vi no mundo todo e também uma das mais valiosas.

Quando o Grande Khan resolveu ocupar a província de Mien, pediu a vários funcionários de sua corte que fossem para lá, conhecer a província. Quando chegaram e viram aquelas torres tão lindas, mandaram imediatamente contar ao imperador. Este ordenou então que não se destruíssem as torres que o rei de Mien mandara construir, para que seu espírito fosse venerado. Este fato não me surpreendeu, pois já tinha conhecimento de que os tártaros respeitam muito o que pertenceu a um morto.

57. Bengala, Kangigu e Amu

Bengala é uma província da Índia Menor que, no ano de 1290 – quando eu já estava na corte –, o Grande Khan ainda não tinha conquistado. Mas ele já havia preparado seu exército para essa tomada.

A leste de Bengala fica Kangigu, onde há muito ouro. Mas, como a província está longe do mar, seu comércio não é intenso e não vale muito a pena a exploração desse metal. Os homens e as mulheres cobrem o corpo todo com tatuagens, representando objetos, pássaros e outros animais. Fazem-nas até mesmo nas mãos e no rosto, pois são consideradas sinal de nobreza.

Um pouco mais ao norte, encontra-se Amu, cujos habitantes são súditos do Grande Khan. Vivem do pastoreio e do cultivo da terra. Usam nos braços e nas pernas valiosíssimos braceletes de ouro e prata. Região de ótimas pastagens, possui cavalos magníficos, bem como enormes bois, búfalos, vacas e muitos elefantes.

58. Chuju e outras cidades da província de Catai

Os habitantes de Chuju, também súditos do Grande Khan, vivem do comércio e do artesanato. Durante o verão, fazem roupas leves com cascas de árvores. São em geral bons guerreiros. Não têm moeda própria.

Nesse território há leões perigosíssimos, de modo que não se pode dormir ao ar livre à noite; e quem estiver viajando de barco pelo rio que banha essa região, deve tomar cuidado, porque, se chegar muito perto da terra, correrá o risco de um leão pular no barco. Os habitantes são, todavia, muito valentes. Vou contar-lhes algo de espantar. Eles têm cães enormes, muito bem treinados para atacar leões. Com apenas dois desses cães, um homem consegue matar um leão: este, quando ataca, não tira os olhos de sua presa nem por um segundo; como os cães são treinados, vão mordendo as quatro pernas do leão, que começa a procurar uma árvore onde possa se apoiar, sem contudo perder o homem de vista. Este, a cavalo, fere o leão, dando-lhe flechadas, enquanto os cachorros continuam a mordê-lo. Não demora muito e o leão cai morto.

Chuju tem muita seda e outras mercadorias, que são transportadas pelo rio, em direções variadas. Viajando-se por essa província uns 12 dias, chega-se a Sindufu, da qual já falei. Depois, com mais uns quatro dias de caminhada, alcançam-se as cidades da província de Catai: Kachanfu, da qual já falei, Changlu, Changli, Tandifu, todas muito nobres, com bom comércio e artesanato, administradas pelo Grande Khan. Por todas elas circula o dinheiro de papel do império. Seus habitantes adoram vários deuses.

59. *Como o Grande Khan conquistou o reino de Mangi*

A partir de Tandifu, seguindo-se sempre em direção ao sul e acompanhando-se o largo rio, passa-se primeiro por Sigmatu, cujos habitantes desviaram o curso do mesmo rio, para que ele corresse em duas direções, o que lhes proporcionou muitas vantagens para o comércio. Com mais alguns dias de viagem, atravessa-se a rica e florescente Pinju, chegando-se a Shinju. O percurso é cheio de cidades e aldeias, todas pertencentes ao Grande Khan, com bom comércio e artesanato.

Chega-se então ao grande rio, o Kiangsui, que vem das terras de Preste João e é tão largo e profundo que mesmo os maiores navios podem passar por ele. Navegam por esse rio 15 000 embarcações, pertencentes à esquadra do Grande Khan, transportando tropas ou mercadorias para o mar.

Cruzando-se esse rio, chega-se ao reino de Mangi. Era governado por Facfur, que, com exceção do Grande Khan, foi o maior soberano de que já se ouviu falar. Mas seus homens não eram bons guerreiros. Se fossem hábeis no manejo das armas, ninguém teria conseguido vencê-los tão facilmente, porque suas terras são cercadas por águas muito largas e profundas e não há pontes para atravessá-las. O Grande Khan mandou então para lá, como comandante das tropas, um barão chamado Baian Singsan, cujo nome significa "100 olhos". Muito tempo antes, um astrólogo já havia dito ao rei de Mangi que ele só perderia seu reino para quem tivesse 100 olhos.

Baian chegou a Mangi com seus homens, cercou a primeira cidade, mas teve de desistir. Tentou ocupar outras seis e aconteceu o mesmo. Então o Grande Khan lhe mandou muitos reforços e ele foi vencendo as cidades uma a uma. Quando já havia derrotado 12, marchou sobre a capital, Kinsai, onde estavam o rei e a rainha. Atemorizado, o soberano fugiu com seus homens em mais de 1 000 navios. Descendo pelo rio, chegaram até o oceano, refugiando-se em ilhas. Na capital ficou apenas a rainha, defendendo-se como podia, até que resolveu perguntar quem chefiava aquele exército.

– Um homem chamado "100 olhos" – disseram-lhe.

A rainha lembrou-se então da previsão e imediatamente se rendeu. Todas as cidades do reino fizeram o mesmo.

O rei de Mangi era um homem bom e justo. Anualmente, recebia mais de 20 000 crianças abandonadas, mandando-as educar por sua conta até que crescessem. Quando estavam em idade de se casar, o rei dava-lhes uma casa e meios para viverem. Além disso, se o monarca visse um pobre casebre entre belas moradias, ordenava que, com seu próprio dinheiro, fosse construída uma casa melhor para a família pobre. Por tudo isso, ao conquistar o reino de Mangi, o Grande Khan mandou prestar muitas honras à rainha vencida. Quanto ao rei, nunca mais voltou: ficou nas ilhas do oceano até morrer.

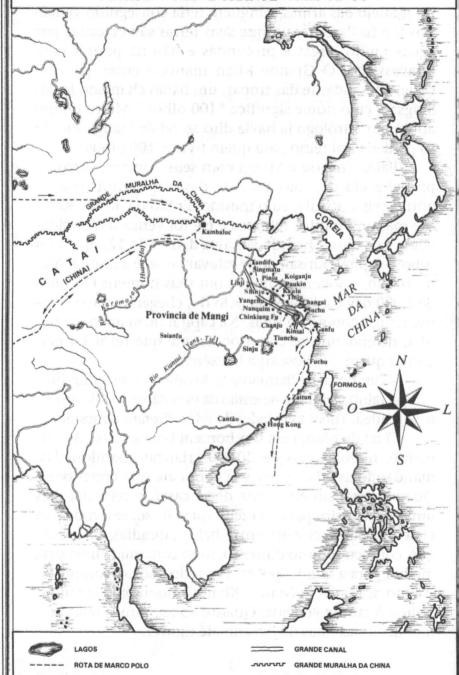

60. *As cidades do reino de Mangi*

No reino de Mangi há várias cidades importantes, como Koiganju, Paukin e Kauiu, todas pertencentes ao imperador, com um ótimo comércio. Há também Tinju, que é muito famosa por suas salinas. Perto dali há outro importante centro: Yangchu, que controla 27 outras cidades comerciais. Durante três anos, o Grande Khan nomeou-me governador de Yangchu e encarregou-me de toda a sua administração. Lá se fabricam belas armas e arreios para cavalos de guerra.

Nessa mesma região encontra-se Saianfu, um grande centro comercial de seda, que comanda 12 prósperas e grandes povoações do império do Grande Khan. Quando o rico reino de Mungi foi tomado, Saianfu resistiu ainda por três anos porque essa cidade estava cercada só de um lado: como no outro havia um lago profundo, o abastecimento de água para a população estava garantido. Assim, ela poderia ter resistido ainda por muitos e muitos anos e talvez nunca fosse tomada. O Grande Khan só conseguiu conquistá-la ao cabo de três anos, porque eu, meu pai e meu tio lhe ensinamos um meio infalível para alcançar seu objetivo, o qual os tártaros ainda não conheciam: a construção de catapultas. Os habitantes da cidade, quando viram as pedras que de longe eram atiradas, destruindo suas casas, reuniram-se e, finalmente, renderam-se a Kublai Khan. Foi sem dúvida uma grande conquista, porque Saianfu é uma das maiores cidades do Grande Khan.

61. *Sinju e o grande rio de Kiangsui*

Sinju não é muito grande, mas sua intensa atividade comercial e suas numerosíssimas embarcações surpreendem os viajantes. Está situada às margens do rio Kiangsui, que é um dos maiores rios do mundo – chega a ter em alguns lugares dez milhas de largura. Essa região pertence ao Grande Khan, que ganha muitas riquezas com as mercadorias que lá são comerciadas. Ao longo do rio Kiangsui passam mais produtos do que em todos os rios europeus juntos. Uma vez vi 5 000 embarcações dirigindo-se ao mesmo tempo para Sinju. Se apenas essa cidade, que não é muito grande, possui um comércio fluvial tão intenso, imaginem como deve ser o movimento por toda a extensão do rio, que atravessa 16 províncias e mais de 200 grandes cidades, todas com numerosas frotas de barcos de boa capacidade.

À beira desse mesmo rio, fica a pequena vila de Kauiu (a qual já mencionei), no meio de uma região onde se colhem muito trigo e arroz, consumidos na corte do Grande Khan. Por isso, ele mandou cavar um canal largo e fundo que liga esse rio ao Karamoran, o qual fica mais ao norte, passando também por vários lagos: desse modo, pode-se ir por água de Kauiu até Kambaluc sem ter de passar pelo mar. Por essa via aquática, os cereais chegam mais depressa à corte, embora pudessem também seguir pela estrada que acompanha esse longo canal.

Atravessando-se o rio, encontra-se a grande e nobre Chanju. Fabrica-se lá um vinho tão bom que, quando Baian "100 olhos" conquistou o Mangi e mandou seus homens ocuparem essa cidade, eles se embriagaram e dormiram. Os habitantes então aproveitaram a oportunidade e, durante a noite, mataram todos os soldados invasores, sem deixar sobrar nenhum. Depois Baian vingou-se: mandou assassinar todos os habitantes a golpes de espada.

62. *Suchu*

Suchu é uma importante cidade, também dentro dos domínios do Grande Khan. Vive do artesanato e do comércio; possui muita seda e fabrica tecidos belíssimos. Seus habitantes são tantos que nem se pode contá-los, sendo que muitos deles são bastante ricos. Garanto que, se os homens do reino de Mangi fossem hábeis guerreiros, logo conquistariam o mundo, pois superam todos em número e em riquezas. Não são, todavia, hábeis no manejo das armas. Ao contrário, são sábios mercadores e ótimos conhecedores da natureza.

Posso afirmar que em Suchu há mais de 6000 pontes de pedra, por baixo das quais dá para passar até duas embarcações de uma só vez!

Suchu – que significa "cidade da terra" – é a sede de 16 povoações muito prósperas que possuem um comércio de especiarias de excelente qualidade, cultivadas nas montanhas próximas.

63. A cidade de Kinsai

Kinsai é a capital do reino de Mangi. Seu nome significa "cidade do céu". Na minha opinião, é a mais nobre e melhor cidade do mundo. Seus habitantes são súditos do Grande Khan, usam dinheiro de papel e adoram ídolos. Quando Baian conquistou o reino de Mangi, a rainha deposta escreveu a Kublai, pedindo que Kinsai não fosse destruída, pela sua tradição e antiguidade.

O Grande Khan deu-me permissão para ler essa carta. Portanto, o que vou contar é a pura verdade, mesmo porque, logo depois, vi tudo com meus próprios olhos.

Kinsai tem um perímetro de 100 milhas e 12000 pontes de pedra, pois é toda circundada e atravessada por água. Sob os arcos de quase todas essas pontes, dá para passar uma grande embarcação. As pontes são necessárias, pois facilitam as caminhadas a pé pela cidade.

Existem ali 12 corporações de artesãos de diferentes ofícios, cada uma com 1000 oficinas de trabalho. E em cada oficina há, pelo menos, umas dez pessoas; muitas chegam a ter 30 ou 40, entre mestres e aprendizes. A cidade fornece seus produtos para todo o reino. Por isso mesmo, possui um grande número de mercadores ricos.

Os nobres e suas mulheres, bem como os mestres das oficinas, não fazem trabalho manual algum: vivem com grande conforto, como se fossem reis.

Ao sul da cidade, existe um lago muito grande, cercado de belos palácios e maravilhosas mansões, que pertencem aos nobres e altos comerciantes de Kinsai. Há também muitos templos. No meio do lago estão duas ilhas, nas quais existem dois palácios suntuosos como o de um imperador. Aqueles que quiserem dar uma festa ou banquete, usam estes palácios, que são equipados com tudo o que é necessário para esse fim: vasilhames, tecidos, talheres e outros utensílios, tudo de altíssima qualidade.

Na cidade, encontram-se distribuídas algumas fortes torres de pedra em meio às casas majestosas para onde as pessoas levam suas coisas quando há um incêndio (o que acontece com frequência, porque a maioria das construções é de madeira).

Os habitantes comem qualquer espécie de carne, até mesmo de cachorros e cavalos. Por nada no mundo um cristão comeria as carnes que eles comem!

Cada uma das 12 000 pontes é guardada dia e noite por dez homens, para impedir a ação de ladrões. No meio da cidade há um morro e sobre ele uma torre, onde sempre fica um homem com uma pequena tábua, na qual poderá bater com um bastão para que todos o ouçam de longe: é o sinal para avisar a população de que começou um incêndio, de que vai haver uma batalha, ou de que se aproxima qualquer perigo ou ameaça à cidade.

O Grande Khan manda cuidar muito bem de Kinsai, porque ela é a capital geral de todas as províncias do reino de Mangi e também porque lhe proporciona vantagens enormes, como o pagamento dos tributos mais elevados do império. Todas as ruas são calçadas com pedras e tijolos, da mesma forma que as principais estradas da região.

Pode-se percorrê-las muito bem, a cavalo ou a pé, sem se enlamear. Kinsai tem uns 3 000 estabelecimentos de banhos quentes, assiduamente frequentados por homens e mulheres, que muito se ocupam da limpeza de seus corpos. São os mais belos e maiores balneários do mundo. Neles, umas 100 pessoas podem banhar-se ao mesmo tempo.

O Khan dividiu o grande reino de Mangi em nove partes, nomeando um rei para cada uma. Esses nove pequenos reinos pagam-lhe fabulosos impostos anuais, pois, ao todo, somam-se os tributos de 1 200 ricas cidades.

Antes de continuar, quero relatar alguns hábitos muito peculiares dos habitantes dessa região. Quando nasce uma criança, por exemplo, o pai manda registrar o dia, a hora, o lugar e o signo do zodíaco em que nasceu. Como cada pessoa sabe esses dados de cor, quando quer viajar ou fazer alguma coisa importante, vai primeiro a um astrólogo – em quem todos confiam muito – para saber o que lhe é mais conveniente.

Quando morre alguém, o cadáver é sempre queimado; os parentes vestem-se então com túnicas simples, sem ornamentos, e seguem o cortejo rezando, cantando e tocando instrumentos. Quando chegam ao lugar da cremação, recortam figurinhas em papel representando homens, mulheres, cavalos, camelos, dinheiro e objetos de uso pessoal, para serem queimados junto com o morto: acreditam que, desse modo, eles o acompanharão para servi-lo no outro mundo.

Como eu já disse, nessa cidade fica também o palácio do rei que se refugiou nas ilhas. É o maior e o mais rico de todos. É quadrado, tem um perímetro de dez milhas e é cercado por uma muralha alta e larga. Dentro da muralha há exuberantes jardins com árvores de bons frutos e muitos lagos com peixes ornamentais. Na sala de banquetes, podem comer à mesa mais de 100 pessoas.

Além de 20 salões, tão grandes que acomodariam uns 10000 homens, o palácio tem ainda uns 1000 quartos. Na cidade há 1,6 milhão de habitações. Cada casa tem na porta uma tabuleta, com o nome do dono, de sua mulher, dos filhos, dos escravos e ainda o número de cavalos que possui. Cada vez que morre uma pessoa, risca-se o nome do falecido. E, quando nasce alguém, acrescenta-se o respectivo nome. Desse modo, o governante da cidade sempre conhece todos os seus cidadãos. É um costume vigente em todo o reino de Mangi e também em Catai.

Também nos albergues, os hospedeiros costumam escrever nas portas o nome de todos os hóspedes que chegam e apagam-nos quando vão embora, de modo que sempre se sabe quem vai e quem vem.

Da cidade de Kinsai e das terras e populações que dela dependem, o Grande Khan tem uma renda muito boa, por causa de seus vários produtos. O mais importante deles é o sal, cujo lucro é extraordinário, rendendo mais do que o ouro. Também o açúcar propicia uma enorme renda: essa é a região onde se produz mais açúcar em todo o mundo. Depois vêm as especiarias, muito variadas e de ótima qualidade, e, da mesma forma, o vinho de arroz e o carvão, sem falar dos produtos das 12 corporações de artes e ofícios. Sobre cada produto incide uma taxa: os produtores e mercadores de especiarias pagam, por exemplo, 3,5%; os de seda pagam 10%. Eu mesmo, muitas vezes, vi o Grande Khan fazendo o controle da coleta de impostos.

64. *A província de Fuchu*

Depois de Kinsai, começa uma outra província do reino de Mangi, chamada Fuchu. É também muito rica, com abundância de tudo, principalmente de especiarias. Seus habitantes, no entanto, são muito cruéis: matam seus inimigos bebendo seu sangue e depois comem-nos.

Quando vão à guerra, cortam os cabelos do alto da cabeça e pintam o rosto de azul. Algumas de suas cidades são muito bonitas: há pontes de pedra enfeitadas com colunas de mármore tão ricas que seria necessário um tesouro para construir uma delas. Vivem do comércio, do artesanato e da criação de galinhas, as quais possuem penas muito diferentes das que conhecemos, parecendo pelos. Mas sua carne é muito gostosa, assim como seus ovos.

Na capital de Fuchu, o Grande Khan costuma manter um exército muito bem equipado, porque seus habitantes são muito rebeldes. Muitas das numerosas embarcações que percorrem os rios da região são fabricadas nessa província, que também é uma grande produtora de açúcar e comercia pedras preciosas e pérolas trazidas da Índia.

Essa região possui ainda um importante porto, Zaitun, um dos maiores do mundo, uma verdadeira maravilha: para cada embarcação carregada de pimenta que chega por exemplo a Alexandria, no Egito, há 50 que chegam a Zaitun. E sobre qualquer mercadoria que circule por lá incide um imposto de 10% de seu valor. Por isso, o imperador arrecada muito dinheiro nessa cidade.

Na província de Fuchu, há ainda uma outra cidade, chamada Tiunchu, onde se fazem as porcelanas mais finas e mais bonitas do mundo, exportadas para toda parte. Nunca vi nada igual em lugar algum!

Terceiro livro

As Índias e as regiões do norte

65. *Onde se começa a falar da Índia*

Eu teria ainda muitas coisas para contar sobre as províncias tártaras, mas a história ficaria longa demais. Por isso, passarei agora a recordar as belas coisas que vi na Índia, onde fiquei tanto tempo que posso contá-las com detalhes.

Começo pelos navios dos inúmeros mercadores: são feitos de pinho e também de uma madeira chamada lariço. Todos têm timão e, pelo menos, quatro mastros. Não são calafetados com piche, mas com outra substância, feita de uma pasta de plantas e resinas de árvores, que parece um visgo. Em geral, os navios têm cobertura e, sob esta, umas 60 confortáveis cabines. Nelas, os mercadores podem acomodar-se muito bem. Esses navios necessitam de inúmeros marinheiros, pois transportam muita mercadoria, além de levar várias embarcações menores, das quais umas dez são barcos de pesca.

Antes de descrever a Índia propriamente dita, quero falar das ilhas que ficam no grande oceano, a leste de Catai.

66. *A ilha de Cipango*

Cipango – é como os orientais denominam o Japão – é uma extensa ilha situada a 1 500 milhas da costa. Os habitantes são claros, bonitos e amáveis. É uma terra livre do domínio de soberanos estrangeiros. Lá há ouro em grande quantidade, mas não é permitido comerciá-lo com outros povos. Essa é a principal razão pela qual os mercadores vão poucas vezes até Cipango.

O palácio do imperador da ilha é enorme e coberto de ouro. Até o chão dos quartos é revestido por esse metal valioso, com pelo menos dois dedos de espessura. É impossível calcular o valor daquele palácio, já que todas as portas, janelas, paredes e objetos são também de ouro. Em Cipango há muitas pedras preciosas e também pérolas rosadas em abundância, grandes e lindas, mais valiosas do que as brancas.

Kublai Khan, sabendo de todas as riquezas dessa ilha, resolveu tomá-la. Mandou então para lá dois barões – Abacan e Vonsanichin – com muitos homens, armas, navios e cavalos. Chegaram a atravessar o mar e a ocupar algumas vilas e castelos no litoral. Mas, como havia grande inveja e rivalidade entre os dois comandantes, não chegavam a um acordo sobre a melhor estratégia para dominar o interior da ilha. Até que um dia soprou um vento tão forte que, se os atacantes não partissem, as naves todas naufragariam. Embarcaram e foram então para uma ilhota, distante quatro milhas de Cipango. Todavia, no caminho, muitos navios naufragaram, matando seus ocupantes. Do grande exército do Khan, salvaram-se ainda cerca de 30 000 homens que, com seus navios imprestáveis, já se consideravam mortos, pois não poderiam voltar ao seu país. Quando os habitantes de Cipango viram o exército inimigo reduzido e isolado na ilha, alegraram-se muito. Assim que o mar se acalmou, foram então até lá, para aprisionar todos os homens do Khan. Mas, quando os tártaros perceberam que seus adversários já estavam todos em terra e que haviam deixado os navios sem guarda, usaram muita esperteza: saíram correndo em volta da ilha, e sempre em disparada, chegaram até onde estavam as embarcações.

Tomando-as imediatamente, partiram para Cipango, sem encontrar obstáculo algum.

Já ao largo, içaram as bandeiras desse país e dirigiram-se para a capital da ilha, a qual ainda pretendiam ocupar. Os que tinham ficado na cidade, vendo nos barcos seus estandartes, pensaram que seus homens voltavam com os prisioneiros. Foi portanto uma surpresa quando os fortes soldados de Kublai chegaram em terra e expulsaram os habitantes que lá estavam, ficando apenas com as mulheres para que os servissem.

Enquanto isso, os soldados de Cipango que haviam ficado na ilhota, conseguiram outros barcos e voltaram à sua terra, cercando-a imediatamente para que ninguém pudesse entrar ou sair. Assediados, os tártaros tentaram de toda maneira mandar alguma mensagem ao Grande Khan, mas não conseguiram. Depois de sete meses, resolveram render-se, com a condição de não serem mortos e de receberem alimentos para poder voltar a Catai. Isso aconteceu em 1281.

Kublai, informado sobre o péssimo comportamento dos dois barões, mandou cortar a cabeça do primeiro que chegou. O segundo morreu na prisão.

Esqueci-me de contar um fato importante: quando os dois nobres ainda estavam juntos na ilha, enfrentaram uma pequena aldeia que não queria render-se. Tomando-a pela força, mandaram cortar a cabeça de todos os seus habitantes, com exceção de oito: estes tinham encravadas na carne de seus braços pedras mágicas, graças às quais não podiam ser decapitados. Os barões mandaram então matá-los a golpes de maça, arrancando em seguida as pedras de seus braços e conservando-as como preciosidades.

Agora quero falar de outras coisas. A religião de Cipango e a de Catai são semelhantes. As estátuas que representam seus deuses têm cabeças de animais. Outros ídolos têm uma cabeça e quatro rostos, ou várias cabeças. Quanto mais cabeças tiverem, mais fé os homens têm neles, pois creem que são os mais virtuosos.

Outro costume dessa ilha: quando alguém faz um prisioneiro que não pode ser resgatado por dinheiro, manda cozinhá-lo e o come em companhia de parentes e amigos. Dizem que a carne humana é excelente...

O mar onde estão as ilhas de Cipango chama-se mar da China, que significa "mar em frente a Mangi". Dizem os marinheiros que o conhecem bem que nesse mar há 7 448 ilhas, muitas delas habitadas, e que todas as árvores dessas ilhas são perfumadas. Nelas há especiarias de todo tipo, muito ouro e pedras preciosas, mas a viagem que os mercadores têm que fazer para obtê-los é muito cansativa. Às vezes, embarcações de Kinsai e Zaitun vão até Cipango e os comerciantes ganham com isso muitas riquezas, mas levam um ano viajando!

67. A grande ilha de Java

Mais para o sul há uma ilha enorme, que os marinheiros dizem ser a maior do mundo. Chama-se Java Maior. Os habitantes têm seu próprio rei, adoram ídolos e não pagam tributos a soberanos estrangeiros. É uma terra riquíssima, que produz madeiras preciosas, pimentas, noz-moscada, cravo e outras especiarias. Dessa ilha vêm muitos navios, com grande quantidade de mercadorias, que proporcionam bons lucros.

No ano de 1292, O Grande Khan tentou conquistar Java, mas não o conseguiu por dois motivos: os vários perigos que se apresentaram durante a viagem até lá e a grande distância que a separa de Catai. Mas inúmeros mercadores de Zaitun e de Fuchu costumam ir a Java.

Partindo-se dessa ilha e navegando-se para noroeste, chega-se à rica província de Lohac, no sul da Tailândia.

Seus habitantes também possuem seu próprio rei, aliás, muito poderoso. Nessa região é possível encontrar ouro em incrível quantidade e ainda elefantes, animais selvagens e pássaros. É daí que vêm todas as conchinhas usadas como moeda em muitos países.

68. A *pequena ilha de Java*

Um pouco mais a leste, situa-se Sumatra, denominada por seu povo ilha de Java Menor. Soube, mais tarde, que chamam Sumatra apenas um dos oito reinos que a compõem. Vou dizer tudo o que sei sobre essa ilha. É uma ilha localizada tão ao sul que de lá não se consegue ver a estrela Polar.

Um de seus reinos chama-se Ferlec, onde já estiveram navegadores muçulmanos que converteram toda a cidade ao culto de Maomé. Os habitantes das montanhas dessa região são como animais: comem carne de qualquer bicho e mesmo carne humana. Não têm ídolos: prestam culto à primeira coisa que veem logo ao levantar-se.

Com Ferlec limita-se o reino de Basma, cujos habitantes não têm lei alguma: vivem como os animais. Dizem que são súditos do Grande Khan, mas a ele não pagam tributo, pois os cobradores de impostos não têm como ir até lá. De vez em quando, mandam-lhe estranhos presentes como elefantes, macacos ou rinocerontes, também chamados unicórnios selvagens. Estes são peludos como búfalos e têm pernas parecidas com as dos elefantes. No meio da testa têm um chifre pequeno e grosso, mas com ele não ferem ninguém. O perigo está na sua língua, toda coberta de espinhos enormes. A cabeça assemelha-se à do javali, mas está quase sempre metida na terra, revolvendo lama. É um bicho horrível de se ver. E não é verdade o que se diz, isto é, que ele se deixa apanhar por uma donzela. Ao contrário, o unicórnio selvagem ataca quem dele se aproxima.

Agora quero esclarecer algo muito importante: há navegadores que trazem os "homenzinhos das Índias", dizendo tratar-se de anões. Na verdade é justamente nessa ilha, Java Menor, que eles são "fabricados": abatem e secam ao sol uns macaquinhos nativos, que têm o rosto muito parecido com o do homem. Depois, raspam-lhe todo o pelo, menos o da barba e o da virilha e, em seguida, colocam-no num recipiente grande, com açafrão, para que adquiram a coloração da pele humana. É um grande embuste, portanto, vendê-los como anões. Nem em toda a Índia, nem nos lugares mais selvagens por onde andei, vi gente daquele tamanho.

Visitei alguns dos reinos de Java Menor e gostaria de relatar as coisas interessantes que pude notar.

69. O reino de Sumatra

Nesse reino tive de permanecer por cinco meses, em razão do mau tempo que impedia o prosseguimento da viagem. De lá também não se vê a estrela Polar, nem a Ursa Maior. Os habitantes são selvagens, têm um poderoso rei e dizem ser súditos do Grande Khan. Tivemos de descer dos navios e cavar abrigos na terra, reforçados por troncos, nos quais nos escondíamos com medo daquela gente má e também dos animais ferozes. Em Sumatra provei o mais saboroso peixe do mundo. Lá não há trigo, mas o povo come um excelente arroz. O único vinho que produzem é feito do sumo de uma espécie de palmeira: arrancando-se suas folhas, o líquido começa a escorrer. Os nativos amarram então ao tronco da palmeira um recipiente para recolher as gotas que, durante um dia e uma noite, o enchem completamente. O vinho obtido dessa resina é muito gostoso.

70. O reino de Dagoian

Esse reino é habitado por um povo selvagem, de costumes muito cruéis. Quando alguém adoece, por exemplo, seus parentes chamam os magos – que praticam artes diabólicas – e perguntam-lhes se o enfermo deve morrer ou curar-se. Se os magos disserem que a pessoa deve morrer, seus próprios parentes a matam, sufocando-a, cozinham-na e depois a comem. Devoram tudo, até a medula dos ossos, para que nada sobre para os vermes e a alma do morto não sofra. Guardam então os ossos numa caixinha e a enterram nas montanhas. E fazem o mesmo com os prisioneiros que capturam.

71. Os reinos de Lambri e Fansur

O reino de Lambri possui especiarias muito apreciadas, além de madeiras preciosas e cânfora. Plantei sementes dessas árvores em Veneza, mas não germinaram porque seu clima é frio demais. Nesse reino soube de um fato extraordinário: há homens que têm caudas, que medem até um palmo de comprimento! Infelizmente não pude vê-los porque vivem todos nas montanhas, longe da cidade. Também há muitos rinocerontes e outros animais selvagens.

Próximo a Lambri localiza-se o reino de Fansur, onde há a melhor cânfora do mundo, vendida a peso de ouro. Lá encontrei também uma coisa surpreendente: uma árvore que dá farinha, a que chamam *sagu*. Ela já está pronta, dentro de seu tronco, que tem uma casca muito macia. Comi muitas vezes uma ótima massa feita com essa farinha.

72. A ilha de Ceilão

Navegando-se um pouquinho para o norte, passa-se por algumas pequenas ilhas, até chegar-se a uma outra, bem grande. Chama-se Ceilão e deve ter sido a maior do mundo, pois dizem que um tufão violentíssimo fez submergir boa parte de suas terras. Seu rei chama-se Sendeman. Os habitantes são idólatras, andam quase nus e comem arroz em vez de trigo. Tomam daquele mesmo vinho de árvore, do qual já falei, e fazem azeite de gergelim.

Nessa ilha há belos e preciosíssimos rubis, como não vi em nenhuma outra parte do mundo. E também safiras, topázios, ametistas e outras pedras preciosas. O rei do Ceilão tem o maior rubi do mundo: mede um palmo de comprimento e tem a grossura de um braço de homem. É a pedra mais resplandecente que existe, sem mancha alguma; vale tanto que ninguém poderia comprá-la. O Grande Khan queria muito esse rubi; daria por ele toda uma cidade, mas o rei respondeu que não o trocaria por nada no mundo, pois a pedra pertencera a seus antepassados.

73. *A província de Maabar*

Cerca de 60 milhas a oeste da ilha de Ceilão, encontra-se a grande província de Maabar, a que chamam Grande Índia e é, sem dúvida, o mais rico e extenso reino de todo o mundo. Maabar é governada por cinco reis, todos irmãos. Cada um desses monarcas reina sobre uma região dessa província.

As pérolas de Maabar, enormes e lindas, são colhidas num golfo de águas rasas, entre algumas ilhas e o continente. As embarcações que recolhem as pérolas chegam a esse golfo entre os meses de abril e maio. Depois de avançarem mar adentro umas 50 milhas, os pescadores de pérolas mergulham na água e apanham as ostras, no interior das quais se formam as pérolas. A partir de junho novas ostras começam a se formar. De tudo o que conseguem, são obrigados a dar a décima parte ao rei e a vigésima aos sacerdotes que encantam os peixes e com isso impedem que estes façam mal aos mergulhadores. Esses encantadores são os brâmanes e conseguem paralisar qualquer animal ou pássaro, mas seu artifício só é válido durante o dia. Por isso, ninguém pesca à noite.

Todos os habitantes da província de Maabar andam quase nus; usam apenas uma pequena tanga. Também o rei anda assim, mas veste uma tanga mais bonita e muitas joias – colares e braceletes, além de um fio de seda com 104 pérolas, pendurado no pescoço, para lembrar-lhe que deve fazer 104 orações por dia. Ninguém pode sair da província com pedras preciosas acima de um certo tamanho. E os que acharem pedras ou pérolas grandes, devem vendê-las ao rei, que as compra pelo dobro do que lhe pedem – desta forma os mercadores preferem vendê-las sempre na corte.

Todas as moças bonitas de Maabar são requisitadas para esposas do rei. Por isso, ele tem mais de 50 mulheres e uma porção de filhos, muitos dos quais se tornam barões. Quando um rei morre, seu corpo é queimado, e todos os membros da sua corte devem lançar-se às chamas para demonstrar fidelidade, com exceção do filho mais velho, pois este deve sucedê-lo. Outra coisa curiosa: o filho mais velho jamais tira algo do tesouro de seu pai, para que ele nunca diminua. Ao contrário, é obrigado a acrescentar riquezas a ele, deixando assim seus sucessores cada vez mais ricos.

Nesse reino não nascem cavalos. O rei é, portanto, obrigado a gastar um bom dinheiro para trazer esses animais de outros lugares. Apesar de caros, os nobres os compram, mas, ao fim de um ano, os animais quase sempre morrem, porque não há cavalariços para cuidar deles. Os mercadores, em vez de recomendar-lhes a vinda desses empregados, preferem que os cavalos morram, porque assim estão sempre vendendo novos cavalos e ganhando mais dinheiro.

Em Maabar, quando alguém é condenado à morte por algum crime, prefere dizer que vai se suicidar por amor a algum ídolo. Dão-lhe então 12 facas, as quais ele vai enfiando no corpo uma a uma até morrer, sempre gritando que assim age porque ama uma certa divindade. Depois de morto, seu corpo é queimado e sua mulher joga-se no fogo para morrer com o marido, ato muito elogiado por todos.

A população adora vários ídolos, quase todos com aparência de bois. Por isso, ninguém come carne bovina nem mata um boi ou vaca. Há, porém, um grupo de habitantes chamados *gavi* que, embora não matem esses animais, os comem quando morrem naturalmente. Além disso, todos esfregam excrementos de boi no corpo e os passam também em suas casas, motivo pelo qual exalam um cheiro horrível. Outro hábito notável é que os reis, os barões e todo o povo costumam sentar-se no chão, porque dizem que vieram da terra e à terra voltarão; por isso, devem reverenciá-la.

Em toda essa província, a lei costuma ser rigorosa com quem cometeu qualquer má ação. Todos têm dos alcoólatras e dos navegantes um péssimo conceito: consideram-nos pessoas indignas por não temerem a morte. Por outro lado, nenhum ato de luxúria é considerado pecado.

Em Maabar há muitos estudiosos da arte de conhecer o caráter dos homens pela fisionomia. O povo acredita em bons e maus agouros e todos sabem o signo e o planeta que presidiram seu nascimento, pois lá há inúmeros astrólogos e adivinhos. Em toda a província existem muitos templos, onde é comum encontrar moças e rapazes consagrados aos ídolos, para os quais dançam, cantam e servem alimentos.

Na província de Maabar, há uma pequena e distante cidade onde dizem estar sepultado o corpo do apóstolo São Tomé. De fato, sabe-se apenas que o santo homem lá esteve pregando o Evangelho. A aldeia, chamada Mailapuram, tornou-se, desde então, um ponto de peregrinação dos cristãos e atribuem-se dons milagrosos à água e à terra do local.

74. O reino de Mutfili

Localiza-se ao norte de Maabar e é governado por uma rainha, viúva há mais de 40 anos. Ela conseguiu administrar tão bem a justiça no seu reino, que é muito benquista por todos os súditos.

Nessa região há muitos diamantes, que vêm das montanhas, trazidos pelas águas das chuvas. No verão, quando não chove, pode-se ir buscar as pedras nas montanhas, mas faz tanto calor que é quase impossível apanhá-las. Há também o grande perigo das serpentes venenosas, espalhadas por toda parte. Existe, no entanto, uma maneira curiosa de obter os diamantes. Às vezes, as pedras caem em valas muito largas e fundas, onde ninguém consegue descer; os homens jogam então nessas valas imensos pedaços de carne, que se grudam aos diamantes. Logo depois, atraídas pela comida, vêm as enormes águias da montanha, que trazem a carne para a parte mais alta. Eles espantam então as águias e ficam com os diamantes. Mas, quando essas aves levam a carne para seus ninhos, só resta aos homens subir a montanha e procurar os diamantes entre os filhotes das águias.

75. A província de Lar e o bramanismo

Em toda a Índia pude notar que a religião predominante se manifesta pela crença numa divindade denominada *Brama* (cujo nome significa "alma do mundo"). Segundo os antiquíssimos livros sagrados, da cabeça de Brama surgiram as pessoas melhores – os sacerdotes, chamados *brâmanes;* das mãos vieram os reis e os soldados; das pernas, os artesãos, mercadores e agricultores; e, dos pés, o resto do povo – os párias, alvo do desprezo de todos.

Os indianos comportam-se de acordo com a categoria social que herdaram dos seus pais, não podendo um sacerdote se tornar soldado ou um pária se tornar mercador, e assim por diante.

O povo indiano que segue os ritos do bramanismo é originário da província de Lar. São em geral mercadores, os mais leais do mundo, incapazes de dizer uma mentira. Seguem rígidos princípios: vivem em grande abstinência, são muito honestos, evitam qualquer deslealdade, são incapazes de tocar uma mulher que não seja a sua e nunca matam animais.

Os sacerdotes vivem mais anos do que os homens comuns, pois comem pouco e não bebem. Têm ótimos dentes, porque mastigam sempre uma erva chamada *betel*. Só comem alimentos frescos, principalmente arroz e leite. Uma vez por mês, bebem uma mistura de mercúrio e enxofre com água, pois acreditam que isto lhes prolonga a vida. Usam na testa um boizinho de couro perfumado, amarrado à cabeça, mas andam inteiramente nus, como penitência. Costumam ainda queimar esterco de boi e com ele fazer um pó, que jogam com muita reverência sobre várias partes do corpo, como fazem os cristãos com a água-benta. Não comem em pratos, mas em folhas secas de bananeira. Também não ingerem plantas ou frutas que estejam verdes, pois dizem que a alma do vegetal ainda está presente e seria pecado ofendê-la. Não matam animais, nem mesmo uma mosca ou um piolho, pois para eles todos têm alma. Queimam os corpos dos mortos, porque acreditam que os vermes que os comeriam, morreriam de fome quando o corpo fosse inteiramente devorado e, como creem que também os vermes têm alma, o morto seria o culpado pela morte deles.

Conheci, também, a ilha de Ceilão, onde nasceu uma outra divindade.

76. Uma história sobre a ilha de Ceilão

Nessa ilha, no pico de uma montanha altíssima há, segundo os muçulmanos, um monumento a nosso pai, Adão. Mas os idólatras dizem que a estátua é de Buda. Contaram-me então a história deste santo homem: Buda era o filho único de um rei já idoso. Aos 19 anos de idade, renunciou à sua herança e passou a viver como um monge, pregando a bondade e o amor. A princípio Buda acreditava em Brama, mas lhe pareceu injusta a divisão da sociedade imposta pelo bramanismo. Nas suas pregações dizia que o homem é quem salva a si mesmo. Atraiu tantos discípulos e seguidores que, após sua morte, transformaram-no num deus.

Todos os nativos de Ceilão orgulham-se muito, por ter nascido naquela ilha o fundador do budismo.

77. Melibar e Gozurat

São dois reinos bastante extensos, vizinhos um do outro e são independentes. Desses dois lugares partem corsários, que se lançam ao mar com o objetivo de roubar. Costumam levar consigo suas mulheres e filhos e passam o verão inteiro navegando. Pilham os mercadores e fogem rapidamente. Estes procuram defender-se com boas armas, mas os piratas são tantos que, na maioria das vezes, eles não conseguem escapar. Os corsários de Melibar não cometem violências físicas, mas carregam tudo o que tiver algum valor. Quando libertam suas vítimas, dizem-lhes:

– Podem ir buscar mais...

Os piratas de Gozurat são os piores, os mais maliciosos: dizem que, quando prendem um mercador, obrigam-no a tomar suco de tamarindo com água salgada, que lhe serve de purgante; depois, revolvem suas fezes, para ver se lá encontram pérolas ou pedras preciosas que eventualmente o coitado possa ter engolido para que não fossem roubadas.

Nesses dois reinos, há grande fartura de pimenta e algodão. São famosas também suas peles de boi, de cabra, de rinoceronte e de muitos outros animais, que são enviadas para muitos países.

78. *As ilhas Macha e Fêmea*

Da Índia fazem parte várias ilhas, entre as quais uma chamada Macha, habitada por cristãos batizados, que seguem a lei do Velho Testamento. Nessa ilha não há mulher alguma: elas habitam uma outra, que fica a uma distância de 30 milhas, chamada Fêmea. Os homens vão para lá e ficam com as mulheres durante três meses por ano; depois voltam para a sua ilha. Em Macha não há soberano: há apenas um bispo.

Os habitantes alimentam-se de arroz, carne e leite. São bons pescadores e sabem secar e curtir muito bem o peixe para ser consumido o ano inteiro. Na ilha há muito âmbar de boa qualidade.

A mais ou menos 500 milhas, em direção ao sul, fica Socotra, outra ilha habitada por cristãos e governada por um bispo. Este não tem qualquer ligação com o papa de Roma; está subordinado ao arcebispo de Bagdá. Para Socotra vêm muitos corsários, que vendem a bom preço as mercadorias roubadas. Os habitantes compram-nas, porque sabem que os corsários só pilham muçulmanos e idólatras, nunca os cristãos.

Na rota da grande viagem que fiz, estavam algumas cidades da costa africana, as quais passo a descrever.

79. *Mogadíscio*

Mogadíscio, capital da Somália, é habitada por muçulmanos e governada por quatro sábios anciãos. Aí nascem mais elefantes do que em qualquer outra parte do mundo. O povo come carne de camelo em grande quantidade, afirmando que é a mais sadia que existe. Pescam também muitas baleias e cachalotes e, por isso, possuem bastante âmbar. Nos bosques, há uma bela madeira, o sândalo-vermelho, e muitos leões e pássaros diferentes dos nossos.

Os mercadores dizem que nessa região, em certa época do ano, surgem estranhos animais, semelhantes aos grifos, chamados de *ruc* pelos nativos. Mas, ao contrário do que contam, eles não são metade pássaros, metade leões: parecem um espécie de águias enormes, que conseguem levar um elefante pelos ares e depois o deixam cair; quando o animal se despedaça no chão, os grifos descem para comê-lo. O Grande Khan mandou vários mensageiros a Mogadíscio para buscarem essas aves: o primeiro foi aprisionado e os outros só conseguiram levar para Catai um dente de javali selvagem que pesava sete quilos!

80. Zanzibar

É uma extensa e bonita ilha situada na costa leste africana. Entretanto, seus nativos estendem esta denominação para todo o litoral da Tanzânia. Tem seu próprio rei e uma língua diferente das dos outros lugares. É habitada por idólatras altos e gordos; são tão fortes que um só deles suporta o peso de quatro homens, além de comer por cinco. São pretos, andam nus, têm o cabelo encaracolado, uma boca enorme, o nariz chato e os olhos arregalados.

Nessa ilha há muitos leões, linces, leopardos e animais bem diferentes dos existentes no resto do mundo. Desses animais, os mais bonitos são as girafas, que têm as pernas de trás mais curtas, as da frente bem longas e o pescoço compridíssimo. Não fazem mal algum ao homem e têm a pele branca, com manchas avermelhadas: são muito bonitas de se ver.

Os homens de Zanzibar são valentes e bons lutadores: não temem a morte. Não possuem cavalos, mas durante os combates montam camelos e elefantes. Costumam pôr nas costas dos elefantes uma espécie de "castelo", onde cabem de 16 a 20 homens. Desses "castelos" travam batalhas muito cruéis, com lanças, espadas e pedras. Quando vão à guerra, dão vinho aos elefantes, para que fiquem mais animados e caminhem depressa.

81. O Abache

A palavra *Abache* vem do árabe *Habash*, que quer dizer "etíope". É uma província muito grande dividida em seis reinos: três cristãos e três muçulmanos. O mais poderoso de todos os reis é cristão.

O povo alimenta-se de leite, carne e arroz. Na província há muitos elefantes, mas eles vêm de outros lugares. Os animais típicos dessa região são as girafas. Há também diversas espécies de macacos e algumas aves enormes, além de belíssimas galinhas e papagaios.

Quando lá estive, contaram-me uma famosa história ocorrida com o principal rei da província do Abache: este soberano queria ir a Jerusalém, em peregrinação ao Santo Sepulcro. Mas, para isso, teria de atravessar a província de Áden, sua vizinha e inimiga. Seus conselheiros sugeriram então que ele enviasse um bispo em seu lugar, com todas as honras, o que realmente foi feito. Quando o bispo chegou a Áden, o sultão mandou prendê-lo, exigindo que ele abraçasse a religião muçulmana. Como o bispo se recusou, o sultão ordenou que o circuncidassem e o deixassem partir.

Assim que pôde montar, o bispo voltou para Abache e contou o que ocorrera. O rei reuniu então seus exércitos e foi até Áden, para vingar-se: causou muitos danos, matou inúmeras pessoas e destruiu várias estradas, pois seus guerreiros eram muito melhores do que os muçulmanos. Isso aconteceu em 1288.

82. A província de Áden

O governante de Áden é chamado *sultão*. Os habitantes são todos muçulmanos. Na província há muitas cidades e aldeias e também um grande porto, onde fazem escala os navios que vêm da Índia, carregados de preciosas mercadorias. Desse porto, os produtos são levados para o norte da província, em embarcações menores, que sobem o mar Vermelho durante sete dias. Depois, tudo é descarregado das barcas e transportado por camelos, que viajam 30 dias em terra firme, até encontrar o rio Nilo. Enquanto isso, os navios são carregados com outras mercadorias dessa região, principalmente cavalos, partindo novamente para as ilhas da Índia.

O sultão de Áden tem uma enorme renda com as taxas que esses navios e seus produtos têm de pagar; por isso é considerado um dos homens mais ricos do mundo.

Uma cidade importante, também pertencente ao sultão de Áden, é o porto de Shiar, onde há grande produção de tâmaras e peixes. É uma região tão árida, que não há pasto para os rebanhos: os animais alimentam-se de peixe seco. Há muitos carneiros, pequenos e bonitos, com chifres sobre as orelhas. E há também bois e camelos, todos acostumados a comer peixe.

Outras grandes cidades da região são Dufar (muito rica em incenso e cavalos), Kalatu, que controla o golfo de Oman, só permitindo a passagem dos navios que pagam a tarifa exigida, e Ormuz, um porto tão quente que, se não se construíssem pequenas torres de ventilação no telhado das casas, ninguém poderia viver lá.

Visitei muitas outras províncias do continente africano, mas, para não estender ainda mais esta longa narrativa, passo agora a descrever os últimos lugares onde estive antes de retornar ao meu país.

83. A Grande Turquia

A Turquia tem por soberano um sobrinho do grande Khan, chamado Kaidu. Seus súditos são todos tártaros, excelentes guerreiros.

Kaidu e Kublai Khan já estiveram em guerra; foram muitas as batalhas violentas e, mais de uma vez, os 100 000 cavaleiros do rei Kaidu fizeram o exército do Grande Khan sofrer sérias derrotas.

Quero contar agora uma interessante história sobre esse rei. Kaidu tinha uma filha chamada Aigiaruc, que significa "raio de lua". Era uma moça muito bonita de rosto e de corpo, mas tão forte que ninguém conseguia vencê-la numa luta. Quando seu pai manifestou o desejo de vê-la casada, a princesa respondeu-lhe que só se casaria com o homem que pudesse derrotá-la. O rei decidiu concordar. Quando a notícia se espalhou, vieram candidatos de muito longe para tentar a sorte: quem vencesse, casaria com a moça: quem perdesse, teria de lhe dar 100 cavalos. As lutas tinham lugar nas principais salas do palácio, diante de toda a corte. Mas ninguém conseguia vencer a princesa, que já ganhara 10 000 cavalos.

Um dia, apareceu um jovem, filho de um poderoso rei, famoso por sua força física. Trouxe um numeroso séquito e 100 cavalos para pagar sua parte, caso perdesse. Quando o rei Kaidu viu esse príncipe, seu coração alegrou-se: finalmente – acreditava ele – alguém venceria sua filha. Todas as pessoas desejavam que a moça perdesse, porque os jovens formavam um bonito casal.

O rapaz nunca tinha perdido luta alguma... Nem a moça... Os dois atracaram-se e começaram uma feroz disputa... que durou pouco: logo o rapaz perdeu.

A sala toda encheu-se de dor, porque o príncipe era realmente um dos mais belos homens que por ali haviam passado. Mas não houve jeito. A princesa ganhou os 100 cavalos e o rapaz partiu para seu país, coberto de vergonha. Isto ocorreu em 1280.

84. *Uma batalha: o reino do Oriente contra a Grande Turquia*

O rei Abaga, senhor do reino do Oriente, região a leste da Grande Turquia, tem muitas terras e províncias que limitam com as do rei Kaidu. Temendo que este invadisse seu território, mandou seu próprio filho, Argon, com inúmeros cavaleiros e soldados, guardar as fronteiras. Considerando-se provocado, Kaidu enviou seu irmão Barac, também muito bem armado e equipado, postar-se do outro lado dos limites, em frente às tropas de Argon. Ocorreu então uma longa e cruel batalha, vencida afinal por Argon, que expulsou o inimigo avançando para o outro lado do rio, sobre as terras de Kaidu.

Porém, já vitorioso, Argon recebeu a notícia de que seu pai tinha morrido. Apressou-se então em voltar, para poder assumir o trono. Mas estava a mais de 40 dias de viagem...

Seu tio Acomat, irmão de Abaga, que também era um sultão muçulmano, aproveitou-se da situação para apossar-se do governo e de um enorme e inacreditável tesouro. E, para obter apoio, passou a presentear barões e cavaleiros com tal generosidade que ninguém mais queria saber de ter outro rei. Conseguiu, assim, em uma semana, reunir um exército imenso, disposto a derrotar Argon.

Quando os dois exércitos se aproximaram um do outro, preparando-se para a batalha, cada um dos chefes falou a seus homens, exortando-os à luta e explicando os motivos pelos quais se consideravam pretendentes ao trono. Argon dirigiu-se então aos homens do seu exército, e suas palavras pareceram tão justas que um de seus barões sugeriu:

– Senhor, suas palavras são verdadeiras. Creio que poderíamos mandar embaixadores para conversarem com o sultão. O senhor tem mais direito ao trono do que ele, pois é filho do falecido rei Abaga.

A sugestão foi aceita: dois embaixadores foram dizer a Acomat que eles não deviam lutar, pois eram tio e sobrinho e sua terra uma só.

O sultão respondeu:

– Digam a Argon que estou disposto a tê-lo não só como sobrinho, mas também como filho. É o meu dever. Posso até deixá-lo governar, desde que obedeça às minhas ordens... Caso contrário, prefiro lutar até a morte!

Argon ficou muito zangado e declarou guerra ao seu tio. A batalha começou, dura e cruel para os dois lados. Argon e seus homens foram muito valentes e realizaram grandes proezas, mas de nada adiantou: Acomat venceu e aprisionou o sobrinho.

A região onde tinha se desenrolado a batalha era famosa por suas belas mulheres. Interessado em obtê-las para si, o sultão decidiu procurá-las, deixando Argon sob a guarda de seus soldados. Enquanto isso, um dos súditos de Acomat, vendo Argon prisioneiro, resolveu fazer o que podia para libertá-lo. Conversou com outros barões do exército, que logo se arrependeram de ter apoiado Acomat. Não demorou muito para haver um levante entre as tropas, que foram até a prisão onde estava Argon, se declararam arrependidas e por ele foram perdoadas. Reunidos, subjugaram os soldados da guarda deixada por Acomat. Todo o exército então confirmou que Argon era seu legítimo rei.

Pouco depois, o sultão recebeu a notícia de sua derrota. Sem meios para enfrentar o sobrinho, fugiu para a Babilônia. Mas, no caminho, um de seus barões, que era muito amigo de Abaga, o aprisionou e o levou à presença de Argon, que o condenou à morte por traição.

85. *As regiões do norte*

As regiões situadas mais ao norte fazem parte da Sibéria, onde o clima é muito frio. Os habitantes são tártaros bastante selvagens, mas nunca atacam outras províncias: estão sempre em paz. Eles não possuem aldeias nem cidades; são nômades que vivem nas planícies ou nas montanhas, alimentando-se de leite e carne de vários animais.

É uma região onde não se pode andar a cavalo: há inúmeros lagos, fontes e principalmente muito gelo e lama, tornando impossível uma longa cavalgada. As viagens são feitas numa espécie de carroça sem rodas chamada *trenó*, própria para deslizar no gelo e não afundar na lama. Esses veículos são puxados por seis cães, que conhecem bem o caminho. Ao fim de cada dia de viagem, há uma estação de troca de animais, onde outros cães aguardam sua vez de puxar as carroças até a estação seguinte. Os viajantes acomodam-se nelas, sempre cobertos por peles de urso, por causa do frio intenso.

Há muitos animais nessa região – ursos brancos, raposas, zibelinas, arminhos e vários outros – cujas peles são valiosíssimas. Os habitantes são ótimos caçadores e costumam apanhar esses animais em redes das quais não conseguem escapar.

Bem mais ao norte, localiza-se a Terra da Escuridão ou Vale Escuro, onde nunca aparecem o sol, a lua ou as estrelas. Os habitantes dessa região vivem como animais e não têm governantes. Mas, às vezes, os tártaros vão até lá, com a finalidade de roubar peles. Para isso, pegam éguas que acabaram de ter potrinhos, deixam as crias fora do Vale Escuro, para que não morram de frio, e cavalgam cuidadosamente até as aldeias dos caçadores, no meio do gelo. Já com as peles roubadas, retornam às suas terras: no caminho de volta, as éguas orientam-se sozinhas e muito rapidamente, porque seus filhotes estão esperando.

86. *A província da Rússia*

A Rússia é uma província imensa, que se estende pela região norte. É tão fria que mal dá para viver-se nela. Seus habitantes são cristãos, mas seguem o rito dos gregos. Lá há muitos soberanos, os povos falam uma língua própria e pagam um pequeno tributo apenas a um dos reis tártaros, chamado Toctai.

É difícil chegar-se à Rússia, pois os caminhos são quase intransponíveis. Os mercadores não vão até lá, embora haja produtos valiosíssimos, como as peles de que já falamos, e inúmeras minas de prata. Os russos, homens e mulheres, são, em geral, gente muito simples e bonita.

87. *Os tártaros do Oeste*

Quero agora falar um pouco a respeito dos tártaros do Oeste. O primeiro rei que tiveram chamava-se Sain. Era muito poderoso e conquistou diversas províncias. Depois desse rei houve mais cinco. O quinto é o atual, ao qual já me referi: chama-se Toctai.

O episódio mais famoso da história deste povo foi a intensa e cruel batalha que ocorreu no ano de 1261, entre o rei Alau, senhor dos tártaros do Leste, e o rei Barca, terceiro senhor dos tártaros do Oeste.

A discórdia começou por causa de uma província que ambos queriam governar. Ao fim de seis meses de preparativos, cada exército tinha mais de 300 000 cavaleiros, armados e equipados.

Levantaram então seus acampamentos numa vasta planície, a dez milhas um do outro. Os pavilhões e as tendas eram riquíssimos, forrados com tecidos aveludados, bordados a ouro e prata.

Na manhã da luta, cada um dos reis foi pessoalmente ao enorme campo, ordenar a divisão de suas inúmeras tropas. Quando os tambores começaram a rufar, teve início a decisiva batalha entre os dois descendentes de Gengis Khan. Primeiro foram disparadas as flechas; eram tantas se cruzando, que quase cobriam o céu: muitos soldados morreram ou ficaram feridos. Depois atacaram os cavaleiros, com suas espadas: cortou-se um número incrível de cabeças, mãos e braços. Nunca havia morrido tanta gente num só campo de batalha. Era realmente algo extraordinário... Não se podia caminhar por ali, sem pisar em mortos e feridos. Os gemidos dos feridos eram um testemunho fantástico de toda aquela dor.

Então o exército do rei Alau, ao invés de se deixar abater, redobrou suas forças. Seu inimigo, o rei Barca, não resistiu e, com suas tropas, pôs-se a fugir. Alau o seguiu, matando todos os homens que conseguia alcançar. Quando Barca foi finalmente derrotado, o senhor do Leste voltou ao campo e ordenou que os mortos – mais de 60 000 homens – fossem queimados, segundo um antigo costume daquelas regiões. Só então retornou, vitorioso, ao seu reino.

Conclusão

Esta é a história dos tártaros e dos muçulmanos. Procurei dizer tudo o que sabia a respeito de seus costumes, bem como sobre os povos dos outros países por onde passei. Creio que observei o que estava ao alcance de um viajante estrangeiro. Só não falei sobre o mar Negro e sobre as províncias que o margeiam, por serem terras bastante conhecidas, por onde passam diariamente muitos mercadores. Navegadores de Veneza, Gênova, Pisa e outras províncias chegam frequentemente aos portos desse mar, tornando essas viagens corriqueiras.

No começo desta narrativa, falei a respeito de nossa partida da corte do Grande Khan. Descrevi então as dificuldades que eu, meu pai Nicolau e meu tio Mateus tivemos em nos despedir de Kublai Khan. Falei também da imensa fortuna que recebemos ao partir. E confesso que, se não fosse pela saudade que meu pai e meu tio sentiam de Veneza, jamais teria voltado para meu país: eu realmente gostava do Oriente, de seu povo e de seus costumes. E, acima de tudo, sempre me fascinaram as aventuras de uma grande viagem!

Mas creio que foi Deus quem determinou minha volta a Veneza: por meu intermédio, os povos do Ocidente puderam conhecer um pouco das belíssimas e curiosas coisas que existem além de suas fronteiras. Como eu disse no início deste livro, acho que jamais existiu um cristão, muçulmano, tártaro ou pagão que tenha viajado tanto pelo mundo quanto eu, Marco Polo, filho de Nicolau Polo, nobre e grande cidadão da República de Veneza.

5. Como Alaodin atraía para a sua "cidade" os mais valentes jovens da região, para depois transformá-los em assassinos?

6. Em que lugar Marco Polo ficou sabendo da história sobre a vida de Buda? Resuma essa história.

7. Quem eram os "homenzinhos" da Índia?

8. Segundo Marco Polo, qual era "a mais nobre e melhor cidade do mundo", chamada "cidade do céu"? Qual a sua principal característica?

9. Por que as "frutas do paraíso", os "unicórnios", as "pedras que ardem" e a "fonte de óleo" causaram espanto em Marco Polo?

10. Em que país Marco Polo teve oportunidade de ver o monte sobre o qual dizem ter parado a Arca de Noé? E de que cidade, também visitada por Marco, partiram os três reis magos para ver Jesus Cristo?

VAMOS CRIAR COM A HISTÓRIA

Agora que você relembrou a história e descobriu uma porção de coisas, vamos mexer com ela e ver onde a gente chega. Escolha com o seu professor um ou mais destes caminhos. E até invente outros.

1. As imagens também podem compor um livro. Reconte a história a partir das ilustrações, ou cite coisas que você descobriu nelas. Faça isso por escrito.

Roteiro de Trabalho

As viagens de Marco Polo
Marco Polo • Adaptação de Ana Maria Machado

O veneziano Marco Polo relata suas viagens à China no século XIII, descrevendo os locais por onde passou, os povos que conheceu e seus costumes, até então desconhecidos no Ocidente.

QUE HISTÓRIA É ESSA?

Você acabou de ler o livro. Ótimo. Mas por que tanta gente acha essa obra tão importante? Vamos relembrar a história e ver o que há por trás dela.

1. Por que o Grande Khan pretendia estabelecer contato com o papa?

2. Nicolau Polo acompanhou o crescimento de seu filho Marco desde a infância?

3. Qual o motivo de Kublai Khan ter confiado a Marco Polo o governo da província de Yangchu?

4. Como foi que os 30 000 tártaros isolados na pequena ilha conseguiram tomar todos os navios dos habitantes de Cipango?

2. Marco Polo viajou pelo Oriente no século XIII, quando quase todos os lugares por onde passou tinham nomes diferentes dos atuais. Compare o roteiro da viagem de Marco com um mapa de hoje e tente identificar as cidades e países por ele visitados. Conte aos seus colegas o que descobriu.

3. Marco Polo relata em seu livro vários episódios históricos. Reúna seus colegas, faça um levantamento geral dessas passagens e promova um debate sobre as que acharam mais interessantes.

4. O viajante veneziano vai registrando em seu livro estranhos e curiosos costumes dos povos orientais. Destaque dez desses hábitos entre os que mais o impressionaram.

5. Se você tivesse um navio muito bem equipado, que países do mundo gostaria de visitar? Por quê?

QUEM É ANA MARIA MACHADO?

Ana Maria Machado é uma escritora famosa. Famosa por suas histórias infantojuvenis, que encantam crianças de todo este imenso Brasil.

Mas Ana Maria escreve também para gente grande: romances, artigos e críticas em jornais.

E nem podia deixar de ser assim: ouvir histórias e contar histórias era algo que estava no sangue da família. Desde menina, ela ouvia seus avós contarem histórias de... tudo... até inventadas na hora... Hoje, no entanto, Ana Maria prefere contá-las. E não só aos seus filhos, que já são grandes. Mas a todos nós, que saímos ganhando.

Para a Série Reencontro, Ana Maria também adaptou *Sonho de uma noite de verão* e *O Rei Artur e os cavaleiros da Távola Redonda*.